Turk Pipkin

Ein Licht für David

Turk Pipkin

Ein Licht für David

Eine Weihnachtsgeschichte

Aus dem Amerikanischen von
Sabine Maier-Längsfeld

Kabel

Die amerikanische Originalausgabe
erschien 1999 unter dem Titel
»When Angels Sing«
bei Algonquin Books of Chapel Hill.

ISBN 3-8225-0565-x

Gesetzt aus der Bembo
Gesamtherstellung: Clausen & Bosse, Leck
Printed in Germany

Für meine Mädchen,
Christy, Katie und Lily

Nie werde ich es vergessen, das letzte Weihnachtsfest mit meinem Bruder David. Wie jedes Jahr hatten wir uns die Lichter von *La Villita*, dem historischen Viertel San Antonios, angesehen und an der traditionellen *Posada* teilgenommen, bei der wir gemeinsam mit einhundert fremden Menschen von Tür zu Tür gezogen waren – vereint durch unsere Lieder und unsere symbolische Herbergssuche für die Jungfrau Maria und ihr ungeborenes Kind.

»Was mir an Weihnachten so gefällt«, hatte David zu mir gesagt, als wir inmitten lauter fröhlicher Gesichter heiße Schokolade tranken, »ist, daß alle Probleme der Welt über Nacht zu verschwinden scheinen.«

»Dann sollte jeden Tag Weihnachten sein!« meinte ich.

»Nein«, sagte er und zerzauste meine Haare, »dann wäre es ja nichts Besonderes mehr.«

In seinen Augen spiegelte sich ein Meer aus tausend Weihnachtslichtern, auf dem ich segelte wie ein Schiff, das aus sicherem Hafen in See gestochen ist, mit David als meinem Kapitän. Ich war das Lamm und David mein Hirte.

Blond und sommersprossig, war mein großer Bruder David das Goldkind unserer Familie, geliebt und bewundert für sein großes Herz und seine vielfältigen Begabungen. In den ehrfürchtigen Augen eines Achtjährigen war David zu allem fähig. Er konnte beim Football über eine Distanz von dreißig Metern zielgenau werfen, beherrschte auf dem Sprungbrett Vorwärts- und Rückwärtssaltos gleichermaßen perfekt und kannte alle erdenklichen Sternbilder beim Namen. Im Schachspiel war er unbesiegbar, ohne jemals damit anzugeben.

»Schachmatt!« sagte er entschuldigend, »beim nächsten Mal gewinnst du bestimmt!«

Aber ich habe nie gewonnen.

In unserem Haus in San Antonio hatten wir ein gemeinsames Kinderzimmer – der kleine Michael unten im Stockbett, der dreizehnjährige David oben. Manchmal, spätabends, wenn alle im Haus dachten, wir schliefen, kam seine Stimme durchs Dunkel zu mir herunter, ganz leise, und dann erzählte er mir all die wunderbaren Abenteuergeschichten, die er in den Büchern von Jack London und Ernest Hemingway gelesen hatte. David war ein begnadeter Geschichtenerzähler, und seine Versionen waren so lebendig, daß ich später, als ich die Originale las, oft den Eindruck hatte, sie hätten auf mysteriöse Weise ihren Zauber verloren.

David wollte Schriftsteller werden wie die meisten seiner Helden. Ich dagegen wollte bloß werden wie David.

Die Teilnahme an den Feiern in San Antonio bildete erst den Auftakt zum großen Familienweihnachtsfest der Walkers. Das wahre Fest erwartete uns in einem Märchenland oben im Norden.

Am 24. Dezember standen wir in aller Herrgottsfrühe auf, stiegen ins Auto und begaben uns auf die lange Fahrt nach New Mexico zu meinen Großeltern. Der Pilot am Steuer war mein Vater, Colonel Robert T. »Bull« Walker, ehrfurchtgebietender Offizier der US-Airforce, den selbst wir als seine Kinder nur »Colonel« nannten.

Kopilotin war unsere Mutter Claire. Und

obwohl ihr Mann beinahe ohne Punkt und Komma über Route, Steuerkurs, Spritverbrauch und die voraussichtliche Ankunftszeit referierte, galt die uneingeschränkte Aufmerksamkeit meiner Mutter einem dicken Wälzer, den sie so behutsam auf dem Schoß hielt, als sei er ein Vogel, der jeden Augenblick davonzufliegen drohe. Nur wenn sie umblätterte, sah sie den Colonel an und sagte, ohne auch nur ein einziges Wort von ihm aufgenommen zu haben, »Ja, Liebling« oder »Wie schön, Liebling«, um sich gleich darauf wieder ganz in ihr Buch zu vertiefen.

Meine Schwester Linda war die älteste und damit diejenige, die sich am meisten langweilte. Sie lümmelte auf der Mittelbank unseres großen Familienkombis, wo sie sich ihre Zehennägel drei Stunden lang in ebenso vielen Farben lackierte, gänzlich unbeeindruckt von der Tatsache, daß bis April, wenn man wieder anfangen konnte, Sandalen zu tragen, wohl außer ihren desinteressierten Brüdern niemand das Ergebnis zu Gesicht bekommen würde.

Auf der hinteren Rückbank, der Heckscheibe zugewandt, hatten David und ich unser eigenes Reich geschaffen: Bücher von Ray

Bradbury und H. G. Wells, Ferngläser, Spielkarten, eine Ausgabe von *National Geographic* mit einer Geschichte über die Rentiere Finnlands und, um unsere Hände beschäftigt und unsere Körper fit zu halten, ein riesiger Beutel Pekannüsse, die wir im Garten gesammelt hatten.

David entfaltete eine Landkarte der westlichen Bundesstaaten und hielt sie gegen die Heckscheibe, um den Verlauf der Fahrt zu verfolgen. So verdeckte er die Aussicht auf das, was hinter uns lag, mit dem, was vor uns war.

»Ich kann nichts sehen!« protestierte ich.

»Das macht nichts«, entgegnete er. »Die wirklich guten Sachen haben wir alle noch vor uns.«

Ich frage mich noch heute, ob die Weisheit seiner Worte Absicht oder Zufall war.

Als wir die erste Pause einlegten, hatten wir die bewaldeten Täler des texanischen Hügellands hinter uns gelassen. Vor uns lagen eintönige Stunden quer durch unendliche Weiten. Vorbei an verschlafenen Nestern und gleichförmigen Städtchen kämpften wir uns voran bis zum südlichen Rand der Great Plains. Bis zum Horizont war nichts zu sehen als die braunen Stengel der Baumwollpflanzen, nackt und bloß bis auf die weißen Büschel, die den Pflückmaschinen hier und da entgangen waren.

»Ist das langweilig!« stöhnte ich. »Wir fahren und fahren und immer noch sieht alles gleich aus.«

»Ach, komm schon!« sagte David fröhlich. »Ich finde, es sieht aus wie eine Million winzige Weihnachtsbäume, die mit Schneebällen geschmückt sind. Und wenn wir heute abend aus dem Fenster schauen, dann sehen wir Millionen *richtiger* Weihnachtsbäume mit *echtem* Schnee drauf!«

So war David; er schaffte es immer, den Dingen ein schöneres Gesicht zu geben.

Nach zehn Stunden Fahrt passierten wir endlich die Grenze von New Mexico.

»He, Jungs!« rief der Colonel zu uns hinter und deutete auf das Grenzschild. »Jetzt dauert's nicht mehr lange.«

Jahr für Jahr, ob an Weihnachten, zu Ostern oder in den Sommerferien – immer wiederholte der Colonel diese Worte an haargenau dieser Stelle, und David und ich konnten sie im stillen mitsprechen, lachend und prustend.

Und kaum eine Stunde später tauchten am Horizont die Berge auf, dunkle, schroffe

Schatten im Sonnenuntergang. Kurz hinter Taos machte der Colonel halt, und David half ihm, die Schneeketten aufzuziehen. Dann begann die steile Bergfahrt hinauf zu dem riesigen Blockhaus unserer Großeltern, dem sie den Namen *»Das Haus am Angel Fire«* gegeben hatten.

Der Vater des Colonels – weit und breit nur bekannt als Da Walker – war der jüngste Sohn in einer langen Reihe irischer Wanderbergarbeiter. Sein Vater wie auch sein Großvater waren ihrer höllischen Arbeit quer über die Britischen Inseln gefolgt und hatten jeden Penny gespart, um wenigstens einen Walkersproß aus den Fesseln ewiger Armut zu befreien. Zum Erretter seiner Familie auserkoren, kam James David Walker im Alter von siebzehn Jahren als Einwanderer nach New York, und kurz darauf verschlug es ihn nach San Saba, Texas. Mit vierzehn Stunden Arbeit täglich über dreißig Jahre hinweg – während derer der große rothaarige Ire einem Dutzend weiterer Walkers den Sprung nach Amerika ermöglichte – machte Da aus einem kleinen Kramerladen eine Supermarktkette mit achtundfünfzig Filialen in fünf Bundesstaaten. Eines Tages dann, seine Eltern waren gestorben, seine fünf Kinder erwachsen, erhob er sich von seinem Schreibtisch und verkündete mit seinem irisch-texanischen Akzent: »Jetzt will ich fischen.«

Da Walker und Oma Jean zogen in die Berge von New Mexico, wo mein Großvater seine Zeit mit Fischen und Holzhacken verbrachte und auf den Besuch seiner Enkelkinder wartete. Es waren elf an der Zahl, doch jeder wußte, daß David Großvaters Lieblingsenkel war. Im vergangenen Sommer hatte mein Bruder die gesamten großen Ferien bei Da und Oma Jean im Blockhaus verbracht. Als wir Ende des Sommers hinauffuhren, um ihn abzuholen, wollte die Prahlerei des alten Mannes kein Ende nehmen.

»Dieser Junge ist der geborene Fliegenfischer, das größte Talent aller Zeiten!« verkündete er. »Was für ein Anblick! Es ist, als wäre die Angel mit seinem Arm verschmolzen. Erst wählt er einen Punkt auf dem Wasser, dann holt er aus, eine Fliege am Haken, und trifft haargenau jenen Punkt, so wie Gott das Land berührt, wenn Er das erste Licht des Tages über die Bergkämme schickt!«

Wie viele Iren war Da ein geborener Poet und ein geborener Lügner.

»Aber Da!« widersprach David. »Du hast viel mehr Fische gefangen. Du hast immer mehr gefangen!«

»Na ja, in diesem Jahr. Aber warte mal ab, was nächstes Jahr geschieht!«

Als an jenem letzten Heiligen Abend das Blockhaus in Sicht kam, bog der Colonel ab und steuerte den Kombi hinein ins Herz des Sangre-de-Christo-Gebirges. Splitt und Eis knirschten laut unter den Schneeketten, und wir fuhren an dem zugefrorenen See vorbei, wo David noch vor wenigen Monaten an seinen Angelkünsten gefeilt hatte.

»Nächstes Jahr«, so hatte er mir versprochen, »bringe ich dir bei, wie man eine Fliegenrute auswirft. Wenn wir gute Zeugnisse nach Hause bringen und nichts anstellen, läßt uns der Colonel beide hinfahren. Nur du und ich und Da – und Oma Jean natürlich – für ganze drei Monate!«

Einen Augenblick lang dachte ich, ich würde bestimmt meine Eltern vermissen, besonders meine Mutter, doch dann dachte ich an das Angeln in den Bächen und im See, und ich fragte mich, ob wir beide wohl draußen unter dem Sternenhimmel würden schlafen dürfen.

»Morgen nachmittag«, beschloß David, »werden wir sie fragen. An Weihnachten können sie es uns nicht abschlagen.«

Wie alle Jahre geriet Oma Jeans Weihnachtsessen zu einem wahren Fest der Sinne. Was mir über all die Zeit hinweg jedoch am tiefsten in Erinnerung geblieben ist, sind weder die Üppigkeit noch die kulinarischen Genüsse dieses Festschmauses, sondern das verstohlene Augenzwinkern, mit dem David mir nach der zweiten Portion Süßkartoffelauflauf signalisierte, daß es Zeit für uns beide war, uns hinauszustehlen.

Wir zogen unsere Mäntel an und schlüpften durch die schwere Haustür aus Zedernholz hinaus ins Freie. Es schneite. Eine lange Weile standen wir einfach nur da und sahen schweigend hinaus in die wunderbare Winterwelt, während uns samtene Schneeflocken ins Gesicht fielen. Dann nahm David meine Hand und half mir über die eisigen Stellen, die sich unter dem Vordach gebildet hatten. Wir bahnten uns einen Weg zu dem unberührten Flecken Schnee unterhalb der Wohnzimmerfenster. Dann, Seite an Seite, erhoben wir unsere Gesichter zum Himmel.

Wir sangen beide im Chor von St. Luke in

San Antonio, doch der vergangene Sommer in den Bergen hatte Davids Stimme verändert. So groß sein Selbstvertrauen in allen Belangen für gewöhnlich auch war, nun schien er sich nicht sicher zu sein, welche Töne er hervorbringen würde.

»Michael, du fängst an«, sagte er.

Obwohl wir zusammen sangen, seit ich alt genug war, den Ton zu halten, hatte ich noch nie begonnen. Ich schluckte meine Angst hinunter, holte tief Luft und fing an zu singen.

Stille Nacht, heilige Nacht,
alles schläft, einsam wacht,

Schließlich fiel David ein, die ersten Töne noch etwas zaghaft, doch dann gewann er Zuversicht, und unsere beiden Stimmen – verschieden und doch so ähnlich – vereinten sich wie vollkommen aufeinander abgestimmte Kirchenglocken, die das Wunder der Weihnacht verkündeten:

nur das traute hochheilige Paar.
Holder Knabe im lockigen Haar:
Schlaf in himmlischer Ruh,
schlaf in himmlischer Ruh.

»Das ist David!« ertönte drinnen die Stimme meiner Mutter. »David und Michael singen für uns!«

Die großen Doppelfenster flogen auf, und der gesamte Walker-Clan drängte sich zusammen, um unserem Lied zu lauschen. Schneeflocken tanzten um uns herum, und es war kalt, doch in meiner Vorstellung würden die weißen Wolken, die in jener Nacht unseren Kehlen entstiegen, für alle Zeiten dem hier versammelten Familienkreis Wärme spenden.

Im Fenster über unseren Köpfen sagte uns der zufriedene Ausdruck auf dem Gesicht von Da Walker, daß alles gut war in seiner Welt. Auch Oma Jean neben ihm lächelte, doch dabei liefen Tränen über ihre blassen, gepuderten Wangen. Bei den Walkers hatte sich noch nie jemand seiner Tränen geschämt. Damals dachte ich, es seien Freudentränen, doch nach all diesen Jahren komme ich nicht umhin, mich zu fragen, ob sie etwas ahnte.

Ich will damit nicht sagen, daß sie hellseherische Fähigkeiten besaß, daß sie wußte, was der nahende Weihnachtstag mit sich bringen würde. Nein, sie wußte wohl eher, daß das Leben und die Liebe ebenso zerbrechlich waren wie der Kristallschmuck, den ich an einem Faden an dem majestätischen Baum hinter meiner Familie hängen sah – strahlend in seiner Pracht und darum flehend, nicht herabzufallen.

IN DEN DREISSIG Jahren seit jenem Weihnachten in New Mexico hat sich vieles geändert. Ich lebe jetzt in Los Angeles, einer Stadt ohne Schnee und ohne feierliche Weihnachtstraditionen, von einem albernen Umzug in Hollywood einmal abgesehen, auf dem ein prominenter Weihnachtsmann dümmlich aus einem Cabriolet herauswinkt. Hier könnte ich Weihnachten vollständig entkommen, wären da nicht meine Frau Susan und meine Kinder David und Molly.

»Wieso willst du ihnen alles verderben?« hatte Susan mich schon oft gefragt, und im Grunde steckte hinter dieser Frage der Befehl, ein Lächeln aufzusetzen und so zu tun, als würde ich mich freuen.

So tun als ob. Was das anbelangt, habe ich es zu wahrer Meisterschaft gebracht: Begeisterung vortäuschen, Freude, überschwengliche Liebe für meine Mitmenschen. Ja, ich bin ein richtig guter Betrüger geworden. Und wem es in seiner glühweinseligen Vorfreude ein gutes Gefühl gibt, in mir nichts weiter als den kaum verschleierten Scrooge, den Weihnachtsfeind Nummer eins, zu sehen, dem kann ich es kaum verdenken.

»Versuch es zumindest!« sagt Susan. »Mehr verlange ich gar nicht von dir.«

Und so bahne ich mir, genau wie all die anderen armen Narren, einen Weg durch das überfüllte Einkaufszentrum, um die unvermeidlichen Geschenke zu besorgen. Und wie sehr ich das Familientreffen auch fürchte, wir quetschen uns trotzdem in den überfüllten Flieger nach San Antonio, um an der Aufrechterhaltung der alten Familientradition im Hause des Colonels teilzunehmen. Und anstatt Buh und Blödsinn zu rufen, falle ich am Heiligen Abend mit täuschend echter Begeisterung in das allgemeine »Oh« und »Ah« ein, wenn drei Generationen Walkers einen stattlichen Berg wundervoll verpackter und größtenteils überflüssiger Konsumartikel aus ihren Hüllen befreien.

Als letztes Jahr der achtjährige David zu mir kam, mir die Arme um den Hals legte und mir voll Freude für die Geschenke dankte, hätte ich angesichts der Glückseligkeit in seinen Augen um ein Haar mein gebrochenes Herz vergessen.

Natürlich mußte just in diesem Augenblick der Sohn meiner Schwester, Buddy, diese kleine Ratte, inmitten des Vulkans aus Geschenkpapier, der Lavaströme aus Bändern und Schleifen und der Eruption aus Styroporkügelchen den elektrischen Rasierer auspacken, den ich für den Colonel gekauft hatte.

»Ein Rasierer?« rief Buddy und warf ihn zurück in das Verpackungschaos. »Stinkelangweilig!«

David war derjenige, der den Rasierapparat vom Boden aufhob und ihn zum Colonel hinübertrug.

»Fröhliche Weihnachten, Großpapa!«

David war der einzige, der den Colonel Großpapa nannte.

Der Colonel hob den müden Blick von einem Glas Scotch und sah in zwei glänzende Augen, deren Strahlen selbst dem des Onkels gleichen Namens hätten standhalten können, und es kam Leben in den alten Mann.

»David, mein Junge!« rief er in seinem tiefen Militärbaß. »Komm her, auf meinen

Schoß. Weißt du, daß du schon immer mein Liebling warst?«

»Colonel«, fiel ich meinem fünfundsiebzig Jahre alten Vater ins Wort, »das hier ist mein Sohn David.«

Der Colonel verzog das Gesicht, als hätte er in etwas Verdorbenes gebissen, und sah mich an.

»Verdammt, ich weiß schon, welcher David das ist! Denkst du, ich werde senil oder was? Ich will nicht über *meinen* David sprechen. Ich will nicht einmal an meinen David *denken.* Und schon gar nicht an Weihnachten.«

»Bitte, Großpapa!« bettelte mein Sohn. »Erzähl mir doch von Onkel David. Wie war er?«

»David«, wollte ich gerade erklären, »der Colonel möchte nicht über ...«

Mein Vater schnitt mir mit erhobener Hand das Wort ab. »Schon gut«, sagte er und lächelte meinen Sohn an. »Ich erzähle dir von ihm, weil du es bist.«

Ich war entlassen, und so beschloß ich, hinauszugehen und frische Luft zu schnappen.

»Also«, hörte ich die Stimme des Colonels hinter mir, »dein Onkel David war dir sehr ähnlich. Er war klug, und er war liebenswert« –

der alte Mann hielt inne und trank seinen Scotch aus – »und er liebte Weihnachten von ganzem Herzen.«

Ich stand im Vorgarten meiner Eltern, in einer kalten, klaren Nacht, sah hinauf in den Himmel und dachte darüber nach, wieviel mehr Sterne es in meiner Jugend dort gegeben hatte. Das war keine Nostalgie, sondern schlicht die Auswirkung der vielen neuen Häuser in San Antonio und der offensichtlichen Abneigung ihrer Bewohner gegen die Dunkelheit. Und wenn die Straßenlaternen es nicht vermochten, die Sterne, die mein Bruder so sehr geliebt hatte, völlig zum Erlöschen zu bringen, so besorgte die übertriebene Weihnachtsdekoration des Colonels ganz sicher den Rest.

»Was für ein Haufen Schrott!« dachte ich. »Mein Haus wird nie im Leben so albern funkeln!«

Tief in meinem Innern wußte ich, daß auch ich mich einst über Weihnachten gefreut hatte, doch ich hatte schon vor langer Zeit die Hoffnung aufgegeben, diese Freude je wiederzufinden. Unzählige Male hatte ich nach einem Weg gesucht, den verlorenen Funken aufs neue zu entfachen, nur um wieder und wieder zu dem Schluß zu kommen, daß all unsere Weihnachtstraditionen jeglicher Vernunft spotten. Klar kann man sich vormachen, alles Leid dieser Erde sei verschwunden, alles sei gut und es herrsche Friede auf Erden, doch am nächsten Tag ist der Hunger der Welt noch immer vorhanden, und Mütter trauern weiter um ihre verlorenen Kinder.

»Papa!« Molly stand an der Tür und rief mich. »Wir müssen noch Popcornketten für die Vögel machen!«

Herausgerissen aus meiner trostspendenden Logik machte ich kehrt, um zu helfen, doch wie üblich kam Susan mir zuvor.

»Die Vögel haben genug zu fressen«, sagte sie zu Molly. »Wir werden uns nach etwas anderem umsehen. Ich weiß was! Du bist an der Reihe, dem Weihnachtsmann Milch und Kekse hinzustellen.«

»Ich?« rief Molly mit dem ungläubigen Staunen einer Fünfjährigen. Sie machte auf dem Absatz kehrt und stob in Richtung Küche davon.

Ich versuchte, mich daran zu erinnern, wie es war, an den Weihnachtsmann zu glauben. Doch außerstande, das Gefühl heraufzubeschwören, grübelte ich nur darüber nach, warum wir den ganzen Wirbel um diesen fliegenden fetten Kerl und seine ach so fröhlichen Rentiere überhaupt veranstalteten.

Wie alt müssen wir sein, um die Wahrheit zu verkraften? fragte ich mich.

Ich kam zu dem Schluß, daß von uns allen der Colonel womöglich die gesündeste Einstellung zu Weihnachten hatte. Also folgte ich Molly in die Küche und schenkte mir ein großes Glas Scotch ein.

Das Glas war beinahe schon leer, und meine Gedanken waren weit weg, fortgetragen von den Stimmen verlorener Engel, als mir mit einemmal klar wurde, daß eine dieser Stimmen tatsächlich den Raum erfüllte.

»Es ist David!« rief meine Mutter. »Kommt alle ans Fenster, hört doch nur!«

Von überall her strömten sie zusammen: Aus dem Eßzimmer, dem Arbeitszimmer und aus den unten liegenden Schlafzimmern folgten Walkers um Walkers Claires Ruf. Ich schloß mich dem Gedränge an, stellte mich ans Fenster und legte meine Arme um Susan und Molly.

Unten auf dem Rasen, strahlend beleuchtet von der Weihnachtsdekoration des Colonels, stand mein Sohn David und sang. Er sang mit beinahe demselben vollkommenen Sopran, der eben noch in meinen Gedanken widergehallt hatte. David sang sogar das gleiche Lied, das mein Bruder und ich in jener lange zurückliegenden Heiligen Nacht ausgesucht hatten; eine Nacht, so wurde mir später bewußt, von der der Colonel ihm wohl erzählt hatte, und ein Lied, das zu singen der Colonel ihn gebeten hatte.

Das Lied selbst, die Stimme und die Stimmung waren mir so unglaublich vertraut, daß ich den Tränen nahe war – Tränen, die nicht fließen würden, egal, wie sehr sie sich auch abmühten. Susan wischte sich die Augen und reichte mir ein Taschentuch. Dann gewahrte ich einen gewissen Ausdruck in ihrem Gesicht, ein Mahnen wohl, als sie sich auf die Tatsache besann, daß sie mich noch nie hatte weinen sehen.

Als David die erste Strophe zu Ende gesungen hatte, trat der Colonel an seine Seite und fiel in den Refrain mit ein. Um von der mächtigen Stimme des alten Mannes nicht erstickt zu werden, schöpfte mein Sohn auf wundersame Weise Kraft aus seinem zarten Körper, und es gelang ihm, noch lauter zu singen als mein Vater.

David ergriff die Hand seines Großvaters. Der Colonel lächelte zu ihm hinab, und das unzertrennliche Band zwischen den beiden war für uns alle offensichtlich.

Als kind wünschte ich mir Jahr für Jahr vom Weihnachtsmann ein rotes Fahrrad der Marke Schwinn. Und Jahr für Jahr flog ich am Weihnachtsmorgen förmlich die hölzernen Treppen im Blockhaus hinunter, jedesmal wieder begeistert darüber, daß der Weihnachtsmann uns wirklich gefunden hatte – so weit weg von San Antonio. Doch Jahr für Jahr mußte ich meine Enttäuschung aufs neue verbergen – darüber, daß ich das Fahrrad wieder nicht bekommen hatte. Statt dessen gab es andere Geschenke, an die ich mich größtenteils nicht erinnern kann, und ich fuhr weiter auf Davids ausrangiertem Fahrrad.

Erst sehr viel später verstand ich, weshalb der Weihnachtsmann mir meinen Wunsch nie erfüllt hat. Es muß daran gelegen haben, daß ich wohl zu keinem Zeitpunkt auf die Idee kam, irgend jemandem zu erzählen, was ich mir wünschte. Im größeren Familienkreis der

Walkers gab es viele Weihnachtsmänner, und hätte ich nur einmal etwas gesagt oder einen Brief an den Nordpol geschrieben, so wäre mein Wunschtraum zweifelsohne wahr geworden. Doch ich wußte nichts von den vielen Weihnachtsmännern, und ich war davon überzeugt, daß jemand, der fliegende Rentiere besaß und die Wunschzettel aller Kinder auf der ganzen Welt las, wissen mußte, daß ich dieses Fahrrad von ganzem Herzen wollte.

An jenem letzten Weihnachtsmorgen in New Mexico fürchtete ich dann mit einemmal, der Weihnachtsmann könnte meinen lange gehegten Wunsch schließlich doch erraten haben. Denn Davids Geschichten von der Fliegenfischerei hatten mein Sehnen plötzlich fort von dem Fahrrad gelenkt, und alles, woran ich denken konnte, war die Frage, ob der Weihnachtsmann mir eine zweiteilige Fliegenrute für den Sommer in den Bergen bringen würde.

Der heißersehnte Tag dämmerte kalt und klar herauf. David und ich scheuchten unsere trödelnde Schwester und alle anwesenden Cousins und Cousinen aus den Betten, und gemeinsam stürmten wir hinunter zu dem riesigen Weihnachtsbaum. Er war übersät mit Lichtern und Glasengeln, und auf der Spitze saß ein großer, leuchtender Stern.

Darunter befanden sich weder Fahrrad noch Angelrute, denn beides wäre mir augenblicklich aufgefallen. Statt dessen entdeckte ich zwei identische Schachteln, eine für David und eine für Michael, und beide versehen mit den Worten: *Vom Weihnachtsmann.*

Um die Wette packten wir die Schachteln aus, und dann hielten wir beide haargenau die gleichen Schlittschuhe in Händen, deren polierte Lederstiefel beinahe ebenso glänzten wie die metallenen Kufen.

»Wow!« Davids Augen strahlten. »Mit denen können wir bis zum Nordpol laufen, wetten?«

Gleich nach dem Frühstück stürmten wir beide zur Haustüre hinaus, hinüber zu dem See, an dem Da Walker David beigebracht hatte, wie man die von dem alten Mann selbstgebastelten Fliegen auswarf. Es war ein weiter Weg den Hügel hinunter. Das Sonnenlicht glitzerte auf dem Schnee, und wir mußten ein paar Pfützen ausweichen, die sich auf dem Weg gebildet hatten.

»Tut mir leid, daß du die Angel nicht bekommen hast«, sagte David, als wir uns stapfend und hüpfend den Weg bahnten.

Ich blieb stehen und sah ihn erstaunt an. »Woher weißt du das?«

»Ich hätte dir selbst eine gekauft«, sagte er und tat meine Frage mit einem Achselzucken ab. »Aber sie sind zu teuer. Außerdem hast du ja bald Geburtstag, und auf den Colonel ist bestimmt Verlaß.«

David befürchtete, das Eis auf dem See könnte ebenso schnell schmelzen wie der Schnee auf dem Weg. Als wir angekommen waren, mußte ich am Ufer warten, während er die Eisdecke prüfte. Er hielt sich am losen Ende eines alten Schaukelseils fest, das von einer Zitterpappel hing. Bei jedem Schritt fest stampfend wagte er sich hinaus aufs Eis. Der See unter seinen Füßen war noch fest gefroren.

Wir schnürten die Schlittschuhe zu und gingen schwankend aufs Eis, zuerst ganz zaghaft und dann rasch immer sicherer. Was das Rollschuhlaufen anbelangte, so waren wir bereits ausgewiesene Könner, und es schien, als seien die Schlittschuhe auf wundersame Weise mit unseren Füßen verwachsen. Nur beim Anhalten hatte ich den Dreh noch nicht heraus.

»David, hat uns die Schlittschuhe wirklich der Weihnachtsmann gebracht?« fragte ich und fuhr einen großen Bogen um meinen Bruder. »Ich meine, gibt es den Weihnachtsmann denn *echt*?«

David holte sachte Schwung und kreuzte auf einem Bein gleitend meine Bahn. Dann packte er mich an der Jacke und bremste mich. Wir standen uns gegenüber.

»Ich will dir mal was über den alten Weihnachtsmann erzählen«, sagte er und sah mir dabei in die Augen. »Ich meine, wenn du es *wirklich* wissen willst.«

Ich sah hinauf zu meinem großen Bruder und nickte.

»Ich habe immer geglaubt, der Weihnachtsmann käme jedes Jahr auf seinem Schlitten angeflogen«, fing er an. »Ich habe geglaubt, daß er durch jeden Kamin auf der ganzen Welt in die Wohnzimmer rutscht. Ich war davon überzeugt, daß er alle Geschenke persönlich bringt. Und weißt du was?«

»Was?« fragte ich atemlos.

»Es stimmt. Ich meine, das hat er wirklich getan. Und manche bringt er heute noch selbst, glaube ich. Aber inzwischen gibt es so viele Kinder auf der Welt, daß der Weihnachtsmann sich wirklich sehr schlau anstellen muß. Und deshalb hat er sich viele neue Möglichkeiten ausgedacht, wie die ganzen Geschenke durch die Schornsteine kommen.«

»Meinst du so was wie Helfer?«

»Helfer«, wiederholte David. »Ja, und zwar ganz viele. Und ich glaube, er wird nicht eher aufhören, bis er Helfer in jeder Stadt und jeder Siedlung und in jedem Haus auf der ganzen Welt hat. Weißt du, der Weihnachtsmann ist so klug, daß die meisten seiner Helfer nicht mal ahnen, daß sie Helfer sind.«

Ich war fassungslos, wie einfach dieser geniale Plan des dicken Mannes war.

»Bleibt also die Frage, ob der Weihnachtsmann die Schlittschuhe gebracht hat«, sagte David. »Und ich sage, die Antwort lautet: ja, hat er. Und jetzt los! Ich zeig dir, wo ich meinen großen Fisch gefangen habe.«

Wie der Blitz sauste David davon, auf das obere Ende des Sees zu. Ich war ihm dicht auf den Fersen. Seit Jahren war ich auf der Suche nach etwas, worin ich ihn schlagen konnte. Doch egal ob auf dem Skateboard oder beim Schlittenfahren, beim Paddeln, Rudern oder schlicht beim Wettrennen, David war immer der erste. Vielleicht, so schoß es mir durch den

Kopf, wären Schlittschuhe die Lösung. Doch dieser Gedanke war äußerst kurzlebig, denn vor mir schwangen Davids Arme gleichmäßig hin und her, holten weit aus, im Einklang mit seinen kräftigen Schritten. Unmöglich, ihn je einzuholen.

Und doch, ich mußte es probieren, und meine Arme und Beine ruderten wie wild, als ich versuchte, die Lücke zwischen uns zu schließen, ehe David das andere Ende des Sees erreicht hatte. Ich wußte, daß er mir unbedingt die Stelle in der Nähe der Quellen zeigen wollte, wo er seinen ersten richtig großen Fang gemacht hatte – eine Bergforelle, die ihn hüfttief ins eisige Wasser gezerrt hatte.

»Das Wasser der Quelle hat immer zehn Grad, das ganze Jahr über«, hatte Da meinem zitternden Bruder erklärt, als er sich und seinen Fang endlich ans sichere Ufer gehievt hatte. »Damals, als wir hierherauf in die Berge gezogen sind, da diente uns die Quelle im Sommer als Kühlschrank, und im Winter lieferte sie uns das Wasser.«

Auch an jenem Weihnachtstag floß die Quelle unter dem Eis mit zehn Grad dahin. Sie taute unser Sicherheitsnetz von unten auf, während von oben die Sonne das gleiche tat.

David war ein gutes Stück voraus, als das Eis zu brechen begann. Es hörte sich an wie gefrorener Donner, der sich in tausend Richtungen über die Oberfläche ausbreitete.

»Zurück!« schrie David mich an, mit übermächtigem Schrecken in der Stimme. »Michael, dreh um!«

Ich war kaum sieben Meter hinter meinem großen Bruder und fürchterlich schnell. Ich rammte meinen rechten Schlittschuh ins Eis, um zu bremsen. Doch der Schuh verhakte sich, und meine Füße gerieten durcheinander. Ich fiel bäuchlings hin und schlitterte über das Eis. David, der dem Verhängnis sowieso schon gefährlich nahe war, breitete die Arme aus, um mich aufzufangen. Ich krachte gegen seine Beine, und die Wucht warf ihn auf das mit unzähligen Rissen überzogene Eis. Die Eisfläche um uns zerbarst in Millionen Stücke, und wir stürzten in das eisige Wasser.

Der Kälteschock rammte sich in meine Brust wie die riesige Faust eines zornigen Gottes. Zuerst gab es weder oben noch unten, nur wildes, verzweifeltes Strampeln auf der Suche nach Entkommen. Doch dann, während mein Körper taub und tauber wurde, sah ich über mir Helligkeit und Düsternis unter mir. Und dann sah ich, daß das Licht sich entfernte, und ich wußte, ich versank.

Danach nichts mehr.

Vielleicht wollte ich mich nie daran erinnern, vielleicht vermochte ich es wirklich nicht. Fest steht, daß ich nach all den Jahren noch immer nicht weiß, wie es kam, daß ich ans Ufer gelangte, mein Bruder aber nicht. Ich weiß nur, daß ich über eine Stunde, nachdem wir das Blockhaus zusammen verlassen hatten, allein zurückkehrte.

Halb erfroren und um Hilfe schreiend taumelte ich zur Haustüre herein. Ich hatte mir die Schlittschuhe heruntergezerrt und war den Kilometer vom See zum Haus barfuß zurückgelaufen. Meine Zehen waren blau gefroren, meine Füße vom eisigen Boden aufgeschnitten. Blutige Fußspuren markierten den Weg zurück zum Schauplatz der Katastrophe.

Es war beinahe schon dunkel, als sie David fanden. Ich war zu dem Zeitpunkt schon in Taos im Krankenhaus, und Vorkehrungen waren getroffen, mich nach San Antonio zu fliegen. Und obwohl ich mich nicht genau an das, was geschehen war, erinnern konnte, so wußte ich doch, daß ich irgendwie die Schuld an Davids Tod trug.

Die Tragödie hat ihre Spuren bei mir hinterlassen, und das einzige Weihnachtswunder besteht für mich darin, daß der Rest meiner Familie vollkommen unversehrt geblieben scheint.

Der Weihnachtsmorgen des letzten Jahres zog warm und schwül über San Antonio herauf, doch das hielt den Colonel keineswegs davon ab, ein riesiges Kaminfeuer zu entfachen, das die Temperatur im Wohnzimmer aufs Unerträgliche ansteigen ließ.

»Weihnachten ohne Kaminfeuer ist kein richtiges Weihnachten!« polterte der Colonel und legte noch ein Holzscheit nach. »Macht die Tür auf, wenn es euch zu warm wird!«

Bei weit geöffneten Türen und Fenstern stürzten sich die Kinder auf ihre Stiefel vom Weihnachtsmann und auf alles, was am Vorabend, als die Familie sich beschenkt hatte, womöglich übersehen worden war. Gerade so, als würde der Weihnachtsmann nicht existieren, kam Molly mit jedem neuen Geschenk in der Hand geradewegs zu Mama oder mir gelaufen und überschüttete uns mit überschwenglichen Dankesbezeigungen. David war gerade dabei, den neuen Baseballhandschuh auszupacken, den ich ihm gekauft hatte, als sein Blick auf etwas Großes fiel, das unter einer Decke versteckt in der Ecke hinter dem Weihnachtsbaum stand.

»Was ist das?« fragte er.

Susan wußte es nicht. Ich auch nicht.

»Hey, David!« rief der Colonel in seinem ledernen Ohrensessel vor dem Feuer. »Mir war so, als hätte ich gehört, wie der Weihnachtsmann sich heute nacht im Kamin mit etwas riesig Großem abmühte. Das könnte es sein.«

David ließ den zur Hälfte ausgepackten Handschuh fallen, rannte zum Christbaum und zerrte die Decke herunter. Darunter verbarg sich das wunderbarste Weihnachtsgeschenk, das ein Junge sich nur wünschen kann: ein nagelneues, ausgewachsenes kirschrotes Schwinn-Fahrrad.

»Wow!« stieß er hervor. »Wow!«

David lief hinüber zu seinem Großvater,

sprang ihm auf den Schoß und schlang dem alten Mann die Arme um den Hals.

»Danke, Großpapa!« sagte er. »Mit so einem Fahrrad kann ich bis ans Ende der Welt fahren.«

Wie immer schien Weihnachten kein Ende nehmen zu wollen.

Drei Tage später kletterten David und Molly endlich widerwillig in den Mietwagen, der uns zum Flughafen bringen sollte, als der Colonel und Claire auf den Bürgersteig hinaustraten und fragten, ob David den kommenden Sommer bei ihnen verbringen dürfe.

»Meine Gesundheit ist nicht mehr das, was sie mal war«, erklärte der Colonel. »Könnte sein, daß es die letzte Gelegenheit ist, über einen längeren Zeitraum mit ihm zusammenzusein.«

Mein erster Gedanke war, daß ich David vor allem bewahren wollte, was gefährlich für ihn sein könnte. Wer wußte schon, was der Colonel für Pläne hatte. Doch dann flogen meine Gedanken zurück zu dem Sommer, den es nie gegeben hatte, und ich dachte daran, daß ich auch dreißig Jahre später noch nie beim Fliegenfischen gewesen war. Vor allem aber sah ich den bettelnden Ausdruck in

Davids Augen. Susan nahm meine Hand und drückte sie sanft und zuversichtlich.

»Okay«, sagte ich, »wir werden es versuchen.«

Weihnachten war vorbei, und bald ging unser Leben in Los Angeles wieder seinen normalen Gang (soweit man das Leben in Los Angeles überhaupt als normal bezeichnen kann). Ich verbrachte den Winter und Frühling damit, an einer Werbekampagne für ein Softwareprogramm zu arbeiten, welches versprach, die kleine Firma, bei der ich beschäftigt war, in die erste Liga der Computerbranche zu katapultieren. Susan hatte, wie immer, außer Haus zu tun. Sie sammelte Gelder für zwei gemeinnützige Künstlerorganisationen. Die Kinder wuchsen und gediehen.

Meinen Befürchtungen zum Trotz kam und ging der Sommer ohne Zwischenfälle. Einen halben Kopf größer kehrte David gesund und munter aus San Antonio zurück und erzählte Geschichten von unzähligen Abenteuern, die er mit seinem Großvater erlebt hatte. Die Geschichten, wie sie gemeinsam in einem Doppeldecker geflogen, über einsame Wüstenpfade gewandert waren oder wie sie in den Buchten von Port Aransas Regenbogenforellen geangelt hatten, weckten Eifersucht in mir. Doch ob ich David oder den Colonel beneidete, konnte ich nicht sagen.

Seit Mollys Geburt waren wir auf der Suche nach einem größeren Haus. Unser kleines Häuschen mit den zwei Schlafzimmern hatten wir gekauft, als David noch ein Baby war und der kalifornische Immobilienmarkt gerade boomte. Wegen einer langwierigen Wirtschaftsdepression in Kalifornien kamen wir – wie so viele andere Familien auch – nicht um eine Hypothek herum, deren Belastungen den gegenwärtigen Wert des Hauses beträchtlich überstiegen. Als der Markt sich schließlich erholte, geschah es so schnell, daß wir den Zeitpunkt, an dem wir günstig an ein größeres Haus hätten kommen können, verpaßten.

Zwei Jahre lang hatten wir nach etwas Neuem gesucht, doch alles, was genügend Platz für uns vier und zusätzlich ein Arbeitszimmer für Susan geboten hätte, bewegte sich immer weiter außerhalb unserer finanziellen Möglichkeiten.

Dann kam das Glück aus heiterem Himmel.

Eines Nachmittags befand ich mich auf der

Rückfahrt von einem Verkaufsgespräch in Pasadena, und der Verkehr auf der Stadtautobahn zog sich so zäh dahin, wie sich nur der Verkehr in L. A. dahinziehen kann. Rund um mich saßen geschäftige Menschen in ihren Autos. Sie telefonierten, faxten, lasen Zeitung, sie kämmten ihre Haare, ihre Brauen, ihre Hunde. In dem Fahrzeug neben mir saß ein Typ mit Kopfhörer und trommelte mit Schlagzeugschlegeln komplizierte Rhythmen auf das Lenkrad, während sein Auto vorwärts kroch.

Nicht in der Lage, diesen Irrsinn noch eine einzige Minute länger zu ertragen, wühlte ich mich auf die rechte Spur hinüber und nahm eine Ausfahrt in der Nähe des Rose Bowl Stadions von Pasadena. Bald darauf fuhr ich durch eine entzückende alte Straße namens Wonderland Avenue. Gerade als ich in einem Viertel wunderschöner Altbauten den Fuß vom Gas nahm, um ein großes Haus zu betrachten, sah ich aus dem Augenwinkel einen älteren Mann in verschlissener Arbeitskleidung den Gehsteig entlangkommen. Unter dem Arm trug er etwas, das aussah wie ein Schild mit der Aufschrift *»Zu verkaufen«*.

Ich trat etwas zu fest auf die Bremse und kam quietschend zum Stehen. Bei dem Geräusch machte der alte Mann einen riesigen Satz, und einen Augenblick lang fürchtete ich, ich hätte ihm einen Herzinfarkt beschert. Weil ich mir wie ein Idiot vorkam – und irgendwie nicht wollte, daß es so aussah, als würde ich neugierig auf das Haus starren –, kam ich augenblicklich zu dem Schluß, es wäre zu teuer für uns, und fuhr weiter. Doch als ich nur noch einen Straßenzug von unserem Haus in Glendale entfernt war, blieb ich ein zweites Mal mitten auf der Straße stehen. Ich wendete und fuhr zurück, um mir die Angaben von dem Schild zu notieren.

Ich parkte direkt vor dem Haus und registrierte zweierlei: erstens, der alte Mann hatte sich auf der Wiese neben dem Schild *»Vom Eigentümer zu verkaufen«* niedergelassen; zweitens, auf dem Schild waren weder Telefonnummer noch Preis vermerkt.

»Wieviel?« fragte ich durch das offene Fenster.

Der alte Mann warf mir einen abschätzenden Blick zu wie ein Gebrauchtwarenhändler, der einen leichtgläubigen Kunden taxiert.

»Sie haben sich ganz schön Zeit gelassen«, sagte er ungeduldig. »Haben ja ganz schön lange gebraucht, um zurückzukommen. Wollen Sie sich's gleich ansehen, oder wollen Sie Ihre Frau holen und nachher wiederkommen?«

Das Ganze war irgendwie merkwürdig. Ich wollte nichts weiter wissen als den Preis, um später über das wunderbare Haus lamentieren zu können, das ich mir einfach nicht leisten konnte.

»Ich bin schon spät dran«, sagte ich. »Ich rufe Sie dieses Wochenende an.«

»Zu spät. Bis dahin hab ich's verkauft.«

»Wie wär's mit heute abend?«

»Dann hab ich's auch verkauft.«

Ich wußte nicht, was ich davon halten sollte. Entweder, der Alte war verrückt und redete wirres Zeug, oder er war verrückt und drauf und dran, das Haus weit unter Wert zu verkaufen. Wie auch immer, dachte ich, es konnte kaum schaden, einen Blick zu riskieren.

Ich folgte ihm über den gepflasterten Fußweg hinauf zu der Veranda, die sich über die gesamte Vorderseite des Hauses erstreckte. Das obere Stockwerk wurde von vier massiven Säulen getragen, die mit großen, vom Regen glattgeschliffenen Flußsteinen verkleidet waren.

»Ich sag's Ihnen, wie es ist, junger Freund,

ich werde diese Veranda vermissen.« Der alte Mann öffnete die bleiverglaste Mahagonitür. »In diesem Viertel gibt's 'nen Haufen Kinder. Denen schau ich gern beim Spielen zu.«

Ich betrat die mit Kirschholz ausgelegte Diele und fand mich in meinem Traumhaus wieder. Es war viel größer, als es von außen wirkte: Wohnzimmer, Eßzimmer, eine geräumige alte Küche mit Wandschränken und einer separaten Frühstücksnische, die auf einen Rosengarten hinausging. Sogar eine Bibliothek gab es. Im oberen Stockwerk waren fünf – sage und schreibe *fünf* – Zimmer; zwei nach vorne hinaus, eines zu jeder Seite hin und ein riesiges Schlafzimmer, das die gesamte Rückseite einnahm.

»Das ist zu schön, um wahr zu sein«, murmelte ich ständig wie eine Art Mantra vor mich hin.

Das ist zu schön, um wahr zu sein, dachte ich beim Anblick der Holzböden, der tiefen Wandschränke und der riesigen, klauenfüßigen Wanne in dem großen Badezimmer.

In diesem Augenblick wurde meine Litanei von der Türklingel unterbrochen, und von der Veranda drang eine Männerstimme zu uns herauf.

»Hallo! Nick, sind Sie zu Hause? Wir sind's, Ed und Eadie von gegenüber.«

»Konkurrenz!« verkündete der alte Mann. Er zwinkerte mir zu und eilte die Treppe hinunter.

Vor der Haustür stand ein Paar. Sie waren beide etwa Mitte Fünfzig. Der Mann war riesig und die Frau nur ungefähr ein Viertel so groß wie er.

»Nick, wir haben das Schild gesehen!« Der Mann quakte wie ein Ochsenfrosch.

»Es darf doch nicht wahr sein, daß Sie ausziehen«, zirpte seine Frau. »Ohne Sie wird Weihnachten nicht mehr sein, was es einmal war.«

»Ja, wer soll denn dann unser Weihnachtsmann sein?« fragte der Mann.

Weihnachtsmann? dachte ich. Und dann fiel mir auf, daß der alte Mann mit seinem weißen Bart und den rosigen Wangen wirklich Ähnlichkeit mit dem heiligen Nikolaus hatte, auch wenn er aussah, als könne er ein wenig ordentliche Hausmannskost oder zumindest ein Sofakissen unter dem Mantel gut vertragen.

»Ich mache mich für ein Weilchen rauf in den Norden«, sagte der Alte. »Irgendwie vermisse ich die richtigen Jahreszeiten. Letzten Winter hat es hier nicht ein einziges Mal geschneit.«

»Oh, Nick, Sie Kindskopf!« Eadie lachte. »Hier schneit es nie. Aber das machen wir doch wett, oder etwa nicht?«

Nick lächelte die beiden an, und dabei blähten sich seine runzligen Wangen über den hochgezogenen Mundwinkeln.

»Wir möchten das Haus kaufen!« verkündete Big Ed. »Unseres ist schön und gut, aber das hier ist die Sensation in der Wonderland Avenue.«

»Wie gemacht für den Besuch unserer Enkelkinder«, fiel Eadie ihm ins Wort.

»Wir zahlen Ihnen, was Sie wollen«, sagte Ed.

Nick kraulte seinen kurzen, struppigen Bart.

»Also, das ist furchtbar freundlich von euch beiden, aber leider hat es dieser nette Herr hier euch soeben vor der Nase weggeschnappt. Also, was sagen Sie, junger Freund? Sind wir uns einig?«

»Jetzt gleich?« fragte ich ungläubig. »Wir haben noch nicht mal über den Kaufpreis gesprochen.«

»Ach ja, der Kaufpreis.« Er zog einen Stift hervor, notierte etwas auf ein Stückchen Papier und gab es mir so, daß Ed und Eadie nicht erkennen konnten, was darauf stand. Sehr lange starrte ich auf die Summe. Sie wäre sogar für ein Haus zu niedrig gewesen, das nur halb so groß war wie dieses, und sie entsprach exakt dem obersten Limit, auf das Susan und ich uns geeinigt hatten.

»Ich muß zuerst mit meiner Frau sprechen«, sagte ich schließlich.

»Ich fürchte, dazu haben Sie keine Zeit, mein Junge«, antwortete der Alte. »Ich weiß, es ist etwas ungewöhnlich, aber ich hab Ihnen hier ein faires Angebot gemacht. Ich würde mal sagen, das ist Ihre einzige Chance.«

Mein Blick schweifte über die hölzernen Balken, die riesigen Bücherschränke und das majestätisch geschwungene Treppengeländer hinauf. Es gehörte nicht viel dazu, sich vorzustellen, wie David und Molly ausgelassen durch die Zimmer tobten und Susan strahlend schön auf dem oberen Treppenabsatz stand. Der Duft ihrer Kochkünste zog bereits förmlich aus der Küche durch das Haus.

»Schon immer, seit ich damals mit meiner Mutter in dieser winzigen Wohnung gelebt habe«, hatte Susan mir wieder und wieder erzählt, »habe ich mir ein richtig großes Haus gewünscht.«

Schließlich ließ ich meinen Blick hinaus auf das weitläufige Grundstück mit den vielen Bäumen wandern. Es bot genau das, was ich seit dem Tag, an dem wir nach Los Angeles gezogen waren, ersehnte: Abgeschiedenheit und Ruhe vor lauten, neugierigen Nachbarn in einer stillen Seitenstraße ab vom Schuß.

»Nun, mein Sohn«, sagte der alte Mann, »es liegt eigentlich nicht in meiner Art, jemanden zu bedrängen, aber im Keller wartet Arbeit auf mich. Also, wie sieht's aus?«

»Ich muß vollkommen verrückt sein«, stieß ich hervor, »aber ich nehme es!«

»Hoho!« sagte der Alte und schüttelte mir die Hand.

Das Paar von gegenüber sah ein bißchen enttäuscht aus, und so streckte ich ihnen meine Hand entgegen. »Michael Walker, Ihr neuer Nachbar. Schön, Sie kennenzulernen!«

»DU HAST *WAS*!?« Susan machte auf dem Absatz kehrt und kam zurück in unsere winzige Küche. »Michael, ich hab mich wohl verhört. Du hast doch nicht etwa gesagt, du hättest ein Haus gekauft?«

Ich lächelte nervös und nickte. »Warte, bis du es gesehen hast.«

Ich erspare mir die Wiederholung ihres gesamten Wortschwalls und beschränke mich hiermit auf das Wesentliche: Erstens, daß *ich* hätte warten sollen, bis *sie* es gesehen hätte; zweitens, daß ihr völlig egal sei, wie groß oder großartig das Haus sei, denn dies gehöre zu den Entscheidungen, die man gemeinsam träfe; und drittens, daß sie auch früher öfter schon Grund gehabt hätte, an meinem Geisteszustand zu zweifeln, und es mir nun endlich gelungen sei, diese Zweifel zu beseitigen. Nun sei sie überzeugt davon, daß ich komplett übergeschnappt sei!

»Sag bloß nicht, du hast ihm Geld gegeben!«

Den Blick starr auf den Boden geheftet, erzählte ich ihr von dem Schild, von Ed und Eadie und ihrem Angebot, jede geforderte Summe sofort bar auf den Tisch zu legen, und schließlich von dem Scheck, den ich dem alten Mann zur Sicherheit gegeben hatte.

»Hört sich an wie eine Bande begnadeter Hochstapler!« sagte Susan. »Wahrscheinlich *gehört* dem alten Kerl das Haus noch nicht mal.«

Ich glaube, als ich ihr auch noch erzählte, daß der Alte aussah wie der Nikolaus höchstpersönlich, war Susan kurz davor, meinen Arzt anzurufen. Statt dessen holten wir die Kinder von der Schule ab, und zu viert machten wir uns auf den Weg, um unser neues Heim zu besichtigen.

»Wow!« rief David, als wir vorfuhren. »Eine richtige Villa! Und schaut mal, die ganzen Christbäume im Vorgarten!«

Christbäume? Ich löste meinen Blick vom Haus und sah mir den Vorgarten an. Wie seltsam, daß mir das gar nicht aufgefallen war, aber der Vorgarten war tatsächlich übersät mit Nadelbäumen in allen erdenklichen Größen. Einige waren kaum größer als Molly, andere überragten das zweistöckige Haus ums Doppelte.

»Macht nichts«, beruhigte ich mich selbst, »Nadelbäume schirmen ab.«

Ohne das Auto abzuschließen, stürmten wir über den Fußweg zur Haustüre. Dort lag ein Briefumschlag von Nick, auf dem stand: »Für Michael, Susan, David und Molly.«

Verwirrt starrte ich auf das Kuvert. »Wie merkwürdig. Ich kann mich nicht erinnern, daß ich ihm eure Namen genannt hätte.«

»Mach's auf!« sagte Susan ungeduldig. »Es ist ein Wunder, daß du dich nach diesem Anblick überhaupt an deinen eigenen Namen erinnern konntest.«

Der Umschlag enthielt einen Schlüsselbund, einen einfachen Kaufvertrag, den Susan und ich unterschreiben sollten, und eine Postanschrift für die Abwicklung der Zahlung.

Auf einem einzelnen Blatt Papier standen in sauberer Handschrift die folgenden Worte:

»Eine Umzugsfirma holt meine Sachen ab. Genießt euer neues Zuhause. Es ist ein ganz besonderer Ort der Liebe, an dem noch Wunder geschehen.«

Unterschrieben war die Nachricht mit »Nick Christopher«.

»Mann, das ist wirklich merkwürdig«, sagte ich. »Susan, ich fürchte, du wirst den alten Mann nicht mehr zu sehen bekommen.«

»Alles, was ich sehen will, ist das Haus«, sagte sie. »Nun hör schon auf, uns hinzuhalten, und sperr die Tür auf.«

Das Haus übertraf Susans kühnste Träume. Nachdem wir entzückt durchs Erdgeschoß gewirbelt waren, stürmten wir alle hinauf in das obere Stockwerk. Molly und David suchten sich beide ein Zimmer nach vorne hin aus, genau wie ich es mir bei der Hausbesichtigung vorgestellt hatte.

»Mein eigenes Zimmer!« verkündete Molly. »Und ich muß es mit keinem stinkigen Bruder mehr teilen!«

Susan würdigte das Zimmer, das ich als Büro vorschlug, kaum eines Blickes. Sie steuerte geradewegs auf das große Schlafzimmer zu und blieb mit Tränen in den Augen in der Türöffnung stehen.

»Es ist wunderschön!« sagte sie leise. »So wunderschön. Was für ein Glück für uns, es zu besitzen, und was für ein Glück für mich, dich zu haben, Michael.«

Wir standen eine Ewigkeit in der offenen Tür und küßten uns, ohne das neue Schlafzimmer zu betreten. Schließlich ließen wir voneinander ab. Susan öffnete die Augen und blickte in mein lächelndes Gesicht. Dann entdeckte sie etwas über meinem Kopf, über uns beiden vielmehr, etwas, das von dem hohen Türrahmen herabhing.

»Schau mal, Michael. Ein Mistelzweig! Der muß von letztem Weihnachten übriggeblieben sein. Und wir stehen genau darunter. Ist das nicht seltsam?«

So seltsam das ganze Geschäft auch schien, unser Anwalt versicherte uns, Kaufvertrag und Urkunde seien völlig in Ordnung. Und was für ein Schnäppchen das war! Zur Sicherheit hatten wir das Haus schätzen lassen, und der Wert übertraf meine anfängliche Einschätzung sogar noch. Auch der Zustandsbericht klang großartig. In das Dach würde man wohl in einigen Jahren ein bißchen Arbeit investieren müssen, doch das ganze Haus war gerade erst innen und außen gestrichen und sämtliche elektrischen Leitungen waren erneuert worden.

»Sie haben genug Kapazität, um eine ganze Kleinstadt zum Strahlen zu bringen!« sagte der Mann vom Elektrizitätswerk zu mir.

»Würde es reichen, um ein Schwimmbad zu versorgen?« fragte ich, als ob wir in der Lage wären, uns einen Pool zu leisten.

»Was glauben Sie denn? Mit dieser Stromversorgung könnten Sie sogar Flugzeuge vom Flughafen Burbank hierher umleiten!«

Am Samstag darauf machten wir mit den Kindern ein Picknick auf der vorderen Veranda unseres neuen Hauses. Wir hatten uns gefragt, wann Mr. Christopher wohl seine Möbel würde abholen lassen, damit wir einziehen konnten, und als wir ankamen, war das Haus vollkommen leer. Gerade einmal eine Woche hatte die ganze Sache in Anspruch genommen, und das Haus war unser.

Als wir einige Wochen später umzogen, merkten wir, daß unsere Möbel, mit denen eben noch jeder Quadratzentimeter unseres alten Hauses in Glendale vollgestellt gewesen war, kaum reichten, um zwei Zimmer des neuen Hauses einzurichten.

»Kein Problem«, sagte Susan. Sie hatte gerade eine Liste der nötigsten Dinge nebst Kosten aufgestellt. »Wenn wir uns an Schlußverkäufe und Gebrauchtmöbelmärkte halten und uns auf ein paar große Ausgaben im Jahr beschränken, dann haben wir das ganze Haus eingerichtet … wenn die Kinder mit dem College fertig sind.«

Ich habe Susan schon immer geliebt, aber nie mehr als in diesem Augenblick.

Kaum war der Umzugswagen weggefahren, als es an der Haustür klingelte. Auf unserer Veranda standen Big Ed und Little Eadie.

»Hallo, Nachbar!« dröhnte Big Ed. Er trug eine riesige Pappschachtel unter dem Arm. »Willkommen im Wunderland!«

»Was ist das?« fragte ich und hatte dabei das unbestimmte Gefühl, daß ich es eigentlich gar nicht wissen wollte.

»Ein Willkommensgeschenk«, flötete Eadie.

Ich nahm Ed die Schachtel ab, und er hob den Deckel hoch. Zum Vorschein kam eine stattliche Anzahl aufgerollter Lichterketten. Eine Welle der Übelkeit überkam mich, und für einen Moment hatte ich das Gefühl, unter dem emotionalen Gewicht zusammenzubrechen.

»Lichterketten?« stammelte ich. »Das verstehe ich nicht.«

»Wir kaufen sie immer nach Weihnachten,

wenn sie reduziert werden«, erklärte Eadie. »Das machen alle hier so.«

»Halli hallo«, kam eine Frauenstimme von der Veranda. Ich hob den Kopf und sah ein junges schwarzes Pärchen, begleitet von einem kleinen Mädchen, das etwa in Mollys Alter war.

»Wir sind die Washingtons«, sagte der Mann. »Von nebenan. Ich bin Craig, das ist Deborah, meine Frau, und dies hier ist unsere Tochter Noël.«

»Guten Tag«, sagte die Kleine. »Wir haben Ihnen ein paar Weihnachschlichter mitgebracht, weil Ssie sso viele Bäume haben«, lispelte sie durch eine breite Zahnlücke.

Craig Washington stapelte seine Schachtel auf die erste.

»Ich kapier es immer noch nicht. Was hat es mit den Lichtern auf sich?«

»Für Ihren Garten natürlich zum Schmükken«, sagte Eadie.

Jetzt drehte sich mir der Magen um.

»Danke, das ist wirklich nett von Ihnen«, sagte ich. »Aber wir dekorieren zu Weihnachten eigentlich nicht sehr viel.«

»Und was ist mit dem Lichterfest?« fragte Deborah Washington.

»Dem *was*?«

»Dem Lichterfest natürlich«, wiederholte Eadie.

Verständnislos sah ich von einem zum anderen, und langsam wurden meine Knie weich.

»Nur, um ganz sicherzugehen, daß ich richtig verstanden habe«, sagte Ed. »Sie kennen Weihnachten auf der Wonderland Avenue nicht?«

Wie betäubt schüttelte ich den Kopf. Ich kannte es nicht. Ich *wollte* es nicht kennen.

»Herr im Himmel!« sagte Craig Washington. »Los, Ed, erzähl's ihm.«

»Ich werde ihm nichts erzählen. Sag du's ihm.«

»Mir was sagen?«

»Also«, fing Eadie an, »es ist so. Die meisten Menschen ziehen gerade *wegen* dem Lichterfest hierher. Jedes Jahr zu Weihnachten stellen alle Leute auf der Wonderland Avenue riesige Lichterdekorationen auf – mit allem Drum und Dran: Haus, Garten, Bäume, Laternen, Strommasten und Weihnachtsmann auf dem Dach. Die Andersons haben sogar ein lebendes Krippenspiel mit echten Kamelen.«

»Junge, wie die stinken«, meinte Big Ed lachend.

»Wer, die Andersons?« fragte ich.

»Nein.« Jetzt lachte Eadie. »Die Kamele!«

»Die Leute kommen aus ganz Südkalifornien hierher, um sich unsere Straße anzusehen«, verkündete Deborah Washington stolz. »Vorletztes Jahr waren wir sogar im *Life-Magazin*.«

»Und es gibt einen Wettbewerb, wer die beste Dekoration hat«, fügte Eadie hinzu. »Letztes Jahr hat Nick Christopher den ersten Preis gewonnen.«

»Bei ihm ssind echte Renntiere durch die Luft gessausst«, erzählte Noël.

»Noël«, fiel ihr Vater ihr ins Wort, »wir haben doch darüber gesprochen. Du weißt doch, daß Nick keine echten fliegenden Rentiere hatte, oder?«

»Aber ich hab ssie gessehen!« beharrte Noël, und ihr Vater blinzelte mir lächelnd verstohlen zu.

»Weihnachten in dieser Gegend bringt die Phantasie der Kinder zum Überschäumen.«

»Ach, ich weiß nicht«, sagte ich und versuchte, die Schachteln zurückzugeben.

»Es muß ja nicht unbedingt das Jesuskind in

der Krippe sein, wenn Sie damit ein Problem haben«, beschwichtigte mich Mrs. Washington und drückte mir die Schachteln fest in die Arme. »Es gibt hier eine jüdische Familie, die eine sechs Meter hohe Menora aufstellt. Und Noël möchte dieses Jahr ein Kwanzaa-Motiv aufstellen.«

»Mit Rentieren«, ergänzte die Kleine.

»Also, wir werden es uns überlegen«, sagte ich. »Danke einstweilen.«

Widerwillig wandten sich die Nachbarn zum Gehen. Dann drehte Big Ed sich noch einmal zu mir um. »Hey, Mike!« rief er. »Sie sind doch hoffentlich nicht der Grinch, dieser Weihnachtshasser, oder?«

»Nein!« erwiderte ich scharf und zog die Tür hinter mir ins Schloß, fester – und auch wesentlich lauter – als beabsichtigt.

»Nein«, sagte ich leise zu mir. »Nein.«

ICH HATTE BESCHLOSSEN, Claire und dem Colonel kein Sterbenswörtchen von dem Lichterfest zu erzählen, doch als wir sie anriefen, um von unserem Umzug zu berichten, platzte Susan umgehend mit den Neuigkeiten heraus.

»Na gratuliere! Ich bin sowieso langsam zu alt dafür, diese ganzen Lichter und all den Weihnachtsschmuck hier aufzubauen. Ich sag dir was, ich werde dir den ganzen Krempel rüberschicken!«

»Das ist nett von dir«, log ich, »aber nein danke.«

Der Colonel ging nicht darauf ein. »Ich hab's! Claire und ich kommen mit dem Wagen zu euch und bringen die Sachen mit. Ich dulde keine Widerrede!«

»Tu das nicht!« sagte ich bestimmt und versuchte, nicht zu böse zu klingen, doch dann war es mir egal, wie ich klang. »Schick die

Lichter nicht, bring sie nicht hierher, und kommandier mich nicht herum!«

»David, wirklich!« gab der Colonel zurück. »Jetzt werde nicht ...«

»Colonel!« bellte ich ins Telefon. »Ich bin nicht David, und ich werde auch niemals David sein!«

Ziemlich lange war es still in der Leitung, dann warf ich den Hörer einfach hin und ging aus dem Zimmer.

»Er hat es nicht so gemeint«, hörte ich Susan zum Colonel sagen, als ich zur Hintertür hinaus in den Garten ging. »Es ist nur dieses ganze Gerede über Weihnachten.«

Ich setzte mich auf die Hintertreppe und brütete vor mich hin. Ein paar Minuten später hörte ich, wie die Tür aufging. In der Erwartung, Susan zu sehen, drehte ich mich um, doch es war David. Er ließ sich neben mich auf die Stufen plumpsen.

»Geht's dir gut?« fragte er.

Irgend etwas an der Art, wie er diese kleine Frage gestellt hatte, ließ mich schaudern. Der Tonfall, die Worte, alles war genauso, wie mein großer Bruder immer mit mir gesprochen hatte, wenn ich besorgt oder verwirrt gewesen war. Und je mehr mein kleiner Junge in das leuchtende Bild seines Onkels hineinwuchs, desto mehr fühlte ich mich in meine verlorene Kindheit zurückversetzt.

So wollte ich nicht sein. Ich wollte stark sein. Für David. Ich wollte sein Kapitän sein und sein Hirte, doch meine Furcht hielt mich zurück.

»Dad, warum können wir nicht bei dem Lichterfest mitmachen?« fragte er schließlich.

Mir war klar, daß ich kein Recht hatte, ihm seinen Weihnachtswunsch zu verwehren, mir war klar, daß ich egoistisch und unvernünftig war und womöglich sogar Gefahr lief, in seinen Augen ebenso hart und streng zu wirken, wie mein Vater manchmal auf mich wirkte. Doch das war mir egal. Susan hatte recht; dieses ganze Gerede über Weihnachten machte mir zu schaffen. Etwas Schreckliches würde geschehen – da war ich mir sicher –, und ich hatte nicht die Absicht, davor zu kapitulieren.

»David«, versuchte ich zu erklären. »Du weißt, was an Weihnachten mit meinem Bruder passiert ist. Wenn ich diese ganzen Weihnachtslichter sehe, dann ist jedes einzelne für mich wie ein kleiner Stich ins Herz. Verstehst du das?«

David sah mir ganz lange tief in die Augen.

Und als er sich dazu entschloß, um meinetwillen seine eigenen Wünsche aufzugeben, da erkannte ich, wie ähnlich er seinem Onkel tatsächlich war, erkannte, daß sein Wille stärker und sein Herz größer war und daß er selbst soviel mehr Würde besaß, als ich es je vermochte. Und ich erkannte, daß diese Verletzlichkeit und Vollkommenheit beschützt werden mußte. Wenn David je etwas geschah, dann wäre ich wieder allein und verlassen, wie damals, als mein Bruder meinen Platz unter dem Eis eingenommen hatte.

»Okay, Dad«, sagte er, »verstehe. Aber vielleicht könnten wir beide an Heiligabend wenigstens einen einzigen Baum im Garten dekorieren, für Onkel David. Nur ein paar Lichter und ein bißchen Lametta auf der großen Kiefer vor meinem Fenster. Und ganz oben auf der Spitze einen leuchtenden Stern.«

»Einverstanden«, gab ich schließlich zurück. »Wir schmücken einen Baum.«

In mir regten sich Schuldgefühle wegen des Gesprächs mit dem Colonel. Am Abend rief ich ihn an und entschuldigte mich.

»Schon vergessen!« bellte er. »Sag mal, was

hältst du davon, wenn David uns zu Thanksgiving besuchen kommt? Dann könnten wir ihn zurückfahren, wenn wir die Lichter bringen.«

Susan und ich wußten nicht, was wir sagen sollten. Weder waren wir zu Thanksgiving schon mal von unserem Ältesten getrennt gewesen, noch war David jemals alleine geflogen. Doch David hatte das Gespräch am oberen Telefon heimlich belauscht.

»Bitte sag ja!« rief er in den Hörer.

»David!« bellte der Colonel. »Bist du's? Ich sag dir was, du bewegst deinen Allerwertesten hierher, und Claire macht für uns den größten Truthahn, den Texas je gesehen hat. Also, Michael, wie sieht's aus? Und komm mir nicht mit irgendwelchen faulen Ausreden von wegen Feiertag und Familie und so. David wird's gut haben bei uns!«

Zwei Wochen später standen wir alle am Flughafen Burbank und warteten darauf, daß David sein Flugzeug bestieg. Am Ausgang umarmte David erst seine Mutter und Molly und drehte sich dann zu mir um. Doch anstatt sich, wie er es so lange getan hatte, in meine ausgebreiteten Arme zu werfen, streckte mein kaum neunjähriger Sohn mir seine rechte

Hand entgegen und legte sie, unbeschreiblich sanft, in meine.

»Paß auf dich auf, Dad.«

Auf dem Basketballplatz hatten wir sicher schon eine Million Mal abgeklatscht, aber dies war das allererste Mal, daß er mir richtig die Hand gab.

»Du auch.«

Ich sah ihm nach, als er über das Vorfeld ging. Vor der Fluggastbrücke blieb er breit grinsend stehen und winkte uns zu, als würde er jeden Tag fliegen.

Susan stand leise schniefend neben mir, und ich nahm ihre Hand.

»Es ist ja nicht für lange«, sagte ich. »In knapp einer Woche bringt ihn der Colonel wieder zurück.«

»Eine Woche!« seufzte sie leise, und es klang wie eine Ewigkeit.

Im Norden von New Mexico gibt es eine Christbaumfarm. Die Bäume, die dort gezüchtet werden, zählen zu den schönsten auf der Welt. Die kerzengeraden, üppigen Blautannen mit den ausladenden Zweigen werden nicht erst vor dem Fällen in die perfekte Form getrimmt, sondern während ihrer ganzen Lebensspanne, vom Setzling bis zum ausgewachsenen Tannenbaum, immer wieder gestutzt und geschnitten.

Etwa zur gleichen Zeit, als der Colonel und Claire ihren großen Kombi für die Fahrt nach L. A. vollpackten, verluden die Arbeiter auf der *Blue Spruce Christmas Tree Farm* einige ihrer stattlichsten Bäume auf einen Tieflader, dessen Fahrt ebenfalls nach Los Angeles gehen sollte.

Der Colonel verstaute Kiste um Kiste mit Lichterketten und Weihnachtsschmuck, mit Glitter und Glimmer und sogar mit dem bescheuerten singenden Weihnachtsbaum, der jedem nichtsahnenden Menschen, welcher es wagte, zwischen dem 26. November und dem zweiten Januar einen Fuß auf die Veranda des Colonels zu setzen, »Jingle Bells« entgegenplärrte. Wer den Colonel und seine militärische Gründlichkeit kannte, der wußte, daß die Kisten so gut verkeilt und festgezurrt waren, daß sie auf keinen Fall ins Rutschen kommen konnten.

Während David auf der geräumigen Sitzbank zwischen seinen Großeltern Platz nahm und sich anschnallte, so stelle ich mir vor, überprüfte auf der *Blue Spruce Christmas Tree Farm* auch Raoul Mendoza, der LKW-Fahrer, seine Ladung. Mag sein, daß die Stämme für seinen Geschmack zu hoch gestapelt waren, doch ich bin mir sicher, daß sie so gut wie irgend möglich festgebunden waren, bereit für die Windböen in den Cañons und die steilen Pässe der Southern Rockies.

Der Colonel, der ohne Wettervorhersage nicht mal aus dem Bett stieg, hatte zweifellos gewußt, daß sich in den nördlichen Gefilden unserer Hemisphäre eine kräftige Kaltfront zusammenbraute. Und gewiß hatte auch Raoul Mendoza in seinem Tieflader die Wettervorhersage gehört. Beide mußten sie gewußt haben – genau wie ich in L. A. –, daß die Kaltfront erst in zirka 36 Stunden in Arizona und New Mexico erwartet wurde. Bis dahin hätten beide Fahrer ihre wertvolle Fracht längst sicher und wohlbehalten ins sonnige Südkalifornien gebracht.

Doch die Wissenschaft der Wettervorhersage ist nicht vollkommen. 24 Stunden später, nachdem sie in Las Cruces übernachtet hatten, fuhr der Colonel auf der I-10 in Richtung Westen. Die Tachonadel zeigte exakt 110 km / h an, so präzise kontrolliert wie der Gashebel eines jeden Flugzeugs, das er je geflogen hatte. Nicht etwa von einem Tempomaten, sondern von dem beinahe vollkommenen Gespür des Colonels für die Einheit von Mensch und Maschine.

»Tempomat!« brummte er, als ich ihm einmal vorschlug, seinen zu benutzen. »Nu will ich dir mal was sagen, Mike. Vertrau dein Leben niemals einem Gerät aus Plastik an!«

Er hatte seinen Lieblingssohn bei einem Unfall verloren, der wohl vermeidbar gewesen wäre, und so war der Colonel keiner, der unnötige Risiken einging.

David schlief zwischen seine Großeltern

gekuschelt, als der Colonel sich langsam Raoul Mendozas Tieflader mit der hochaufragenden Fuhre Blautannen näherte. Keiner der beiden Männer konnte ahnen, daß just in dem Augenblick, als die beiden Fahrzeuge gleichzogen, die erste Böe eisiger Luft eben jenes Boten vom Nordpol, jener Kaltfront, den Lastzug mit voller Wucht seitlich treffen würde. Keiner der beiden konnte ahnen, daß fünfzig Tonnen Laster samt Ladung seitlich in den Kombi schlingern würden. Auch blieb keinem der beiden die Zeit für ein wirksames Ausweichmanöver – weder dem alten Kampfpiloten noch dem routinierten LKW-Fahrer, der im übrigen gerade einmal acht Kilometer von jenem See entfernt zu Hause war, in dem mein Bruder einst an einem Weihnachstag vor tausend Jahren sein eisiges Grab gefunden hatte.

Vor tausend Jahren, oder waren es zehntausend gewesen? Denn wenn ich auch gerade mal vierzig Jahre alt bin, so habe ich doch das Gefühl, als sei ich vom Anbeginn aller Zeiten am Leben, als sei ich dazu verdammt, immer und immer wieder Katastrophen zu durchleben, die ich nicht voraussehen kann: ich rutsche über splitterndes Eis, die verzweifelten

Warnungen meines Bruders brennen sich in die Taubheit meines Hirns; zwei geübte Fahrer, die nicht in der Lage sind, ein schreckliches Schicksal abzuwenden, das auf irgendeine Weise in dem unaussprechlichen Weihnachtsfluch vorherbestimmt zu sein schien, welcher sich in meinem Herzen eingenistet hat und sich nicht mehr von dort vertreiben läßt.

Ineinander verkeilt rutschten die beiden Fahrzeuge mit 100 km/h seitwärts. David mußte just in dem Augenblick hochgeschreckt sein, als der turmhohe Stapel Bäume auf den Kombi hinunterkippte. Als die Windschutzscheibe brach und das Dach nachgab, hatte sich seine Großmutter bereits schützend über ihn geworfen. Colonel Bull, dem die Wucht das Lenkrad aus den starken Händen gerissen hatte, warf sich seinerseits über Claire und David und gab alles, das ihm geblieben war, einen 75 Jahre alten Körper, der ihn nie im Stich gelassen hatte, zum Schutz jener zwei Menschen, die er auf Erden am meisten liebte. Denn was bliebe ohne David noch? Was bliebe ohne seine schöne Claire, die Freud und Leid mit ihm geteilt hatte? Für die es niemals einen anderen gegeben hatte, seit sie ihn zum erstenmal sah, als er damals im Dezember 1941 auf der *Lackland Air Force Base* in seiner prächtigen Uniform stolz sein Flugzeug präsentierte?

Ich kann noch immer hören, wie er ihren Namen ruft, wie seine Stimme langsam erstirbt, zu einem Flüstern verblaßt, das der heulende Wind mit sich nimmt.

Der Schnee peitschte aus Norden heran, die Flocken wehten waagerecht über den Asphalt und bildeten Schneewehen an den zertrümmerten Wracks. Auf einem Highway, der oft kilometerweit keine freie Lücke aufwies, gab es merkwürdigerweise keine Zeugen für den Unfall, niemanden, der hätte berichten können, daß unter dem riesigen Stapel Christbäume ein zweites Fahrzeug begraben war. Zwei bitterkalte Stunden lang waren die Beamten der Autobahnpolizei von Arizona der Meinung, sie hätten es lediglich mit einem umgekippten Sattelschlepper und einem bewußtlosen Fahrer zu tun. In der Tat lag Raoul Mendoza bereits im Krankenhaus, als endlich genügend Bäume weggezogen worden waren, um das schreckliche Geheimnis zu lüften, das unter ihnen verborgen gelegen hatte.

Kurz bevor die Dämmerung über Pasadena

hereinbrach, zu dem Zeitpunkt, als wir David und meine Eltern erwarteten, ging Susan in die Küche, weil das Telefon klingelte. Ein paar Augenblicke später hob ich den Blick und sah sie schwankend und mit Tränen in den Augen in der Küchentüre stehen.

»David!« schluchzte sie. Und ich wußte, daß meine Welt zusammengebrochen war.

IN DER UNENDLICHEN Zeitspanne, die eine einzelne Träne brauchte, um über das erschütterte Gesicht meiner Frau zu rinnen, für einen verzweifelten Augenblick zu verharren und dann hinabzufallen, sah ich zum erstenmal meinen eigenen Körper blau und leblos unter dem Eis am Angel Fire liegen. Ich sah, daß ein Leben ohne David kein Leben mehr wäre, und erkannte, daß dies für mich, von einer sinnlosen Tragödie schon halbwegs zugrunde gerichtet, mehr wäre, als ich ertragen könnte. Für jene, die mich brauchten, wäre ich ab jetzt mehr Bürde als Stütze. Denn in diesem einen Augenblick sah ich mich selbst, einen gebrochenen alten Mann, den man bei Familienfesten in eine Ecke setzte, über den man sprach, als sei er nicht anwesend, als könne er seinen eigenen Herzschlag nicht mehr spüren.

Ich sah meine süße kleine Molly vor mir,

sah, wie ihre Erinnerung an David verblaßte, während sie älter wurde, wie sie darum kämpfen mußte, nicht zu vergessen, wer er gewesen war und wieso sie ihn geliebt hatte. Ich sah Susan, ganz in Schwarz, an eintausend trostlosen Thanksgiving-Tagen – wieder ein Tag, der für immer verflucht war – und mich selbst an ebenso vielen schwarzen Weihnachten. Einer, der nicht mehr in der Gegenwart lebte, nicht mehr auf die Zukunft hoffte, in der Vergangenheit gestorben war.

Irgendwo aus meiner Brust stieg der Geschmack von Kohle in mir auf, ein Aufstoßen des trockenen schwarzen Staubes, von dem sich die Walkers durch Da Walkers Kühnheit befreit geglaubt hatten. Der Staub kratzte in der Kehle und erfaßte meine Lunge, und gerade, als ich keinen Atemzug mehr tun konnte, zersprang Susans Träne auf dem Hartholzboden der Wonderland Avenue in tausend winzige Tropfen.

»Es gab einen Unfall ...«, sagte sie mit zitternder Stimme. »Aber David lebt.«

Einen Elternteil zu verlieren ist ebenso unausbleiblich wie schmerzlich. Beide Eltern zu verlieren, plötzlich und zur gleichen Zeit, bedeutet, daß Monate oder Jahre von Trauer und Gram sich verdichten zu konzentriertem Entsetzen, Schock und Betäubung. Umarmungen, die man nicht spüren kann, Händeschütteln ohne Wärme. Worte, an die man sich nicht erinnern wird. Ein Wort auf der Beerdigung meiner Eltern aber hob sich über all die anderen empor, ein Wort, so unpassend, daß ich es niemals vergessen werde.

»Sinnlos«, sagte Linda leise zu mir.

Ich sah meine Schwester ungläubig an, doch ich hielt mich zurück.

Tragisch, ja; aber sinnlos? Nein. Ich hegte nicht den geringsten Zweifel daran, daß weder meine Mutter noch mein Vater auch nur einen einzigen Augenblick länger auf diesem überfüllten, verlassenen Planeten hätte bleiben mögen, wenn auch nur der leiseste Gedanke daran Raum gehabt hätte, dies sei nur auf Kosten eines Jungen möglich, den sie beide über alle Maßen geliebt hatten.

Seite an Seite wurden sie zur letzten Ruhe gebettet, im Tode so vereint, wie sie es im Leben gewesen waren. Ich hatte keine Ahnung, wie viele Leute sie gekannt hatten. An der Trauerfeier in St. Luke nahmen über tausend

Menschen teil. Und auf dem Friedhof waren es sogar noch mehr. Als ich eine Handvoll Rosenblüten in die Grube warf, hörte ich ein Dröhnen. Ich hob den Kopf, und vier F-15 Kampfflieger kamen geradewegs auf uns zu, in perfekter Keilformation, die eigentlich auf fünf Maschinen angelegt war. Der Platz des Colonels blieb leer. Es war eine der bewegendsten Begräbnistraditionen überhaupt, und kein Auge blieb trocken. Bis auf meine, versteht sich.

Irgendwie war dies das Schlimmste von allem. Ja, ich hatte den Colonel geliebt. Ich hatte sie beide geliebt. Doch seit dem Tod meines Bruders vor über dreißig Jahren war ich nicht mehr in der Lage gewesen, ihnen meine Gefühle zu zeigen. Außerdem war ich mir nicht sicher, ob ich es ihnen auch nur ein einziges Mal gesagt hatte. So einfache Worte, und so schwer, sie zu finden. Ausdruckslos starrte ich in ein Meer aus Gesichtern, die sich um das Grab versammelt hatten und die scheinbar alle auf meine Tränen warteten. War die Trauerfeier für meinen Bruder auch so gewesen, die Beerdigung, an der ich nicht teilnehmen konnte, weil ich zu schwach gewesen war? Bekommt man jemals, so fragte ich mich, die Gelegenheit, jenen, die man liebt, auf die richtige Weise Lebewohl zu sagen?

Zu viele Fragen, dachte ich, an einem Ort ohne Antworten.

Dann wandte ich mich ab und ging.

Susan und Molly hielten an Davids Bett im Krankenhaus von Tucson Wacht, und so ging ich mit schweren Schritten allein zurück zu der langen Reihe parkender Autos. Ich spürte eine Hand auf meinem Arm und sah mich um. Ich war nicht allein. Wie Kielwasser, das einem Boot folgt, folgte mir eine riesige Ansammlung Walkers: Tanten und Onkel, Cousins und Cousinen, Neffen und Nichten. Und ich hatte den Eindruck, als warteten sie alle noch immer darauf, daß ich das Wort ergriff.

»Was ist mit Weihnachten?« fragte Linda. »Seit fünfzig Jahren hat die Familie unsere Zusammenkunft nicht ein einziges Mal ausfallen lassen, und ich glaube, Mom und Dad hätten nicht gewollt, daß es dieses Jahr so ist.«

Ich blieb stehen, und hinter mir blieb eine Welt von Walkers ebenfalls stehen.

»Ich will nichts von Weihnachten hören«, sagte ich zu ihnen. »Ich will nie wieder etwas von Weihnachten hören.«

David war nach dem Unfall über einen Tag lang bewußtlos, und sein Zustand wurde zunächst als kritisch eingestuft. Eine Stunde nach dem Anruf hatten wir das Flugzeug nach Tucson bestiegen und waren dabei über das gleiche Vorfeld gelaufen, von dem aus er uns noch ein paar Tage zuvor so selbstbewußt zugewunken hatte.

Im Krankenhaus stand ich an seinem Bett und ließ mir von Ärzten, die zwar optimistisch waren, aber schließlich keine Wunder versprechen konnten, unbestimmte medizinische Berichte geben.

»Wir müssen abwarten«, sagten sie uns immer wieder.

Glücklicherweise hatten sie recht. Ein paar Stunden, nachdem ich zu der Beerdigung nach San Antonio aufgebrochen war, schlug David die Augen auf und sprach sein erstes Wort.

»Mom.«

Eine lange Reihe von Untersuchungen ergab weder Hirnschäden noch irgendwelche schweren inneren Verletzungen. Er war übersät mit Prellungen und Schürfwunden, dehydriert und stand noch immer unter Schock, doch das Ärzteteam war davon überzeugt, daß er wieder in Ordnung käme. Sobald sein Zustand stabil war, wurde er per Krankenflug nach Los Angeles verlegt. Susan und Molly begleiteten ihn. Einige Stunden, bevor ich von der Beerdigung meiner Eltern zurückkehrte, trafen die drei im Cedar-Sinai-Krankenhaus ein.

Ich eilte die langen weißen Flure entlang. Susan stand vor Davids Zimmer, und wir hielten uns eine Ewigkeit stumm umfangen. Lange waren wir beide nicht fähig zu sprechen.

»Kann ich zu ihm?« fragte ich schließlich.

»Er ist eingeschlafen«, sagte sie. »Aber er war fast den ganzen Tag über wach, und der Arzt sagt, daß sich sein Zustand gebessert hat.«

»Gott sei Dank!«

»Aber es gibt ein Problem. Er will nicht essen. Er wird intravenös ernährt. Sie wollen, daß er selbst ißt, aber er weigert sich!«

»Was hat er gesagt, als du ihm von seinen Großeltern erzählt hast?«

»Nichts.«

»Hat er geweint?«

»Nein«, sagte Susan traurig. »Er hat nur weggeschaut.«

Die Washingtons hatten Molly abgeholt,

und so machte sich Susan auf den Heimweg, um sie zu holen und in der Hoffnung, wenigstens etwas schlafen zu können. In jener langen Nacht an Davids Bett dachte ich immer wieder darüber nach, daß er im Prinzip das Gleiche durchmachte wie ich damals. Ich wollte ihm so gerne helfen, doch ich konnte mich kaum noch an mein eigenes erschütterndes Unglück erinnern.

So sehr ich mich auch darum bemühte, ich konnte mich nicht auf die Einzelheiten von Davids Tod besinnen. Schließlich versuchte ich, nicht an meinen Bruder, sondern an mich selbst zu denken, an jenen langen, düsteren Sommer in San Antonio, in dem ich eigentlich mit David in New Mexico hätte sein sollen, damit er mir das Fliegenfischen beibrachte.

Als mir diese Bilder durch den Kopf zogen, erinnerte ich mich auch wieder daran, daß ich in der ersten Schulwoche nach dem Krankenhaus Bobby Jordan die Nase blutig geschlagen hatte, weil er mich einen Unglücksraben genannt hatte.

Und als ich schließlich an Davids Seite einnickte, war ich nicht mehr in seinem Krankenzimmer, sondern in meinem eigenen;

nicht im Cedar-Sinai, sondern im Brooke-Army-Medical-Center in San Antonio. Eine Krankenschwester war bei mir; sie hieß Amelia, und sie lächelte immer.

»Wie geht es meinem Mäuschen?« fragte sie mich. »Ich wette, du bist furchtbar hungrig.«

Wie betäubt schüttelte ich den Kopf.

»Na warte erst mal, bis du riechst, was ich hier habe!«

Sie schob die fade Krankenhauskost beiseite und zog aus einer Papiertüte mehrere Behälter hervor.

Das habe ich nur für dich gekocht. *Sopa de pollo,* Hühnersuppe. Ganz warm. Und *mi abuela*, meine Großmutter, sie hat dir Tortillas gemacht. Die besten in ganz San Antonio!

Ich schaute in den Suppenbehälter. Es roch gut. Aber ich hatte immer noch keinen Hunger und ließ mich wieder in die Kissen sinken.

Und dann war der Colonel bei mir. Steif saß er an meinem Bett und versuchte auf seine militärische Art, mich zu trösten.

»Du bist nicht schuld an dem, was passiert ist«, sagte er.

Ich setzte mich auf und sah ihn an. Sein Gesicht war aschfahl und grau. Er war um zwanzig Jahre gealtert.

»Aber wer ist dann schuld daran?« wollte ich wissen.

»Nun, ich glaube«, sagte er, und auf der Suche nach einer Antwort versagte ihm beinahe die Stimme, »ich glaube, wer immer euch diese Schlittschuhe gegeben hat, ist schuld daran.«

»Aber die Schlittschuhe hat der Weihnachtsmann gebracht!«

Der Colonel leckte seine aufgesprungenen Lippen und überlegte, was er antworten sollte.

Vielleicht war ich einfach nicht in der Lage gewesen, mich an all das zu erinnern, während mein Vater noch lebte, doch als ich nun an Davids Seite saß, wurde mir zum erstenmal bewußt, daß der Colonel uns die Schlittschuhe geschenkt hatte. Und nach all diesen Jahren erkannte ich, daß Colonel »Bull« Walker, dreifach ausgezeichnet für Tapferkeit in Kriegszeiten, Angst gehabt hatte. Er hatte seinen über alles geliebten Sohn verloren und lief Gefahr, auch noch die Liebe des anderen zu verlieren, und er wollte auf keinen Fall die Schuld für diese schreckliche Tragödie auf sich nehmen.

»Dann ist das wohl die Antwort«, sagte er. »Der Weihnachtsmann ist schuld.«

Als ich aufwachte, schien die Morgensonne hell in das Krankenzimmer. Ich saß immer noch auf dem Stuhl, aber mein Kopf lag neben David auf dem Bett. Einen verwirrten Augenblick lang wußte ich nicht, in welchem Krankenzimmer ich war, in meinem oder in Davids, doch dann spürte ich eine Hand auf meiner Stirn.

»Dad.«

Ich setzte mich auf und lächelte ihn an.

»Dad, ich erinnere mich, daß etwas auf uns draufgefallen ist. Was war das?«

Ich war nahe daran, ihm die Wahrheit zu sagen.

Ich versuchte mich zu erinnern, ob ich ihn je angelogen hatte. Und dann erkannte ich, daß mein ganzes Leben eine einzige Lüge war. Ich war mir immer so sicher gewesen, daß mein Haß Weihnachten galt – dem geschmacklosen Putz, mit dem man seine Sorgen überschminkte, dem unaufrichtigen Geben, um zu nehmen – und hatte damit das Andenken an meinen Bruder verunglimpft.

Dabei galt mein Haß nicht Weihnachten – er galt mir selbst! Unterstützt von der Angst meines Vaters, hatte ich mich selbst verflucht für etwas, das nicht zu ändern war. Für mich mochte es zu spät sein, den Zauber von Weihnachten wieder zum Leben zu erwecken, doch in Davids Augen war er noch lebendig. Mochte die Zeit das Ihre tun, ich würde dieses Feuer nicht schüren.

»Bauholz«, sagte ich zu meinem Jungen. »Eine riesige Ladung Bauholz. Und jetzt sollten wir frühstücken!«

Ungeachtet der Beweggründe paßte es mir nicht, daß ich David angelogen hatte. Vielleicht war mein Problem auch, daß ich endlich und ohne jeden Zweifel wußte, daß Weihnachten mich für immer verhext hatte. Obwohl ich mir alle Mühe gab, mir in Davids Anwesenheit nichts anmerken zu lassen, verfiel ich in düstere Stimmung. Bobby Jordan hatte recht gehabt: Ich *war* ein Unglücksrabe.

Und nun, so schien es, hatte der Fluch sich auch meines Sohnes bemächtigt. Er zeigte weder am Frühstück noch an sonst einer Mahlzeit das geringste Interesse. Binnen weniger Tage wurde sein Gesicht spitz und hager, und als ich ihm einen frischen Schlafanzug überzog, ließ sein Anblick mich erschaudern – dieses Gestell aus Haut und Knochen hatte kaum noch Ähnlichkeit mit meinem Sohn.

Je mehr er schwand, desto mehr brütete

ich vor mich hin. In den paar Stunden, die ich zu Hause war, telefonierte ich mit dem Rest des Walker-Clans. Alle wollten wissen, wie es David ging. Wiederholt fiel der Vorschlag, daß es ihm vielleicht helfen könne, wenn alle zur traditionellen Familienfeier zusammenkämen, wo David Weihnachten doch immer so geliebt habe. Sogar nach der Katastrophe am Angel Fire hatten wir uns im folgenden Jahr alle in San Antonio getroffen. Seit fünfzig Jahren, ermahnten sie mich immer wieder, sei mit dieser Tradition nicht gebrochen worden.

Einem nach dem anderen sagte ich »nein«. Schließlich nahmen sie meine Weigerung ernst und sahen ein, daß sie Weihnachten in diesem Jahr zur Abwechslung bei sich feiern, sich ihren eigenen Truthahn braten und ihre Lieder allein singen mußten.

Unsere neuen Nachbarn waren ebenso freundlich wie mitfühlend – sie versorgten uns mit Suppe, selbstgebackenem Brot und Eintopf. Doch Tag und Nacht waren Leitern im Einsatz, um die Wonderland Avenue auf das Lichterfest vorzubereiten, das ich so fürchtete. Nur in dem großen alten Haus, in dem Nick Christopher einst die unangefochtene Herrschaft über sie alle ausgeübt hatte, wurden keine Weihnachtsdekorationen aufgehängt.

Ed und Eadie boten sich an, die Lichter für uns zu installieren, doch wie zuvor schon meiner Verwandtschaft schenkte ich auch ihnen keine Beachtung. Dann erboten sich die Washingtons, sammeln zu gehen, um einen Dekorateur für unseren Garten zu bezahlen, doch auch das lehnte ich ab. Ich war in einem düsteren Gemütszustand, und es würde viel mehr als nur Freundlichkeit brauchen, um mich dazu zu bewegen, mit einem Haufen billiger Lichter Weihnachten zu feiern.

Susan und ich wechselten uns im Krankenhaus ab, und als in der Wonderland Avenue zum erstenmal in diesem Jahr die Lichter angingen, war ich gerade zu Hause. Ich legte das Buch über Eßstörungen zur Seite und stand auf. Ich machte sämtliche Vorhänge und Rollläden zu und sperrte die Lichter aus – aber nicht das Wissen darüber, was auf der Straße vor sich ging.

Während ich am nächsten Abend im Krankenhaus war, schlossen sich Susan und Molly dem langen Zug der Schaulustigen an, die die Straße auf und ab flanierten, durch die Gärten unserer Nachbarn spazierten und sich vorsichtig durch die vorbeikriechenden Autos schlängelten, welche sich einige Häuserblocks entfernt eingereiht hatten, nur um die Wonderland Avenue entlangzufahren. Jedes Haus, so erzählte Susan mir bei meiner Rückkehr, stand unter einem anderen Motto und war entsprechend dekoriert: der Weihnachtsmann, der Nordpol, die Krippe; sogar einen riesigen Grinch gab es, der auf seinem Hügel Whoville überblickte.

Molly war am meisten von einem alten Fachwerkhäuschen begeistert. Es wurde von einem Lichterpfad umkreist, der am Stromzähler endete – beleuchtet, als handle es sich um den heiligen Schrein der fossilen Brennstoffe, – dessen Zähler sich so schnell drehte, daß es unmöglich war, die Zahlen zu entziffern.

»Wahnsinn!« dachte ich. »Kompletter Wahnsinn!«

Susan kam auf die Idee, daß David vielleicht die Lichter sehen wollte. Dr. Blake, unser Arzt, wollte ihn in ein Krankenhaus in Long Beach verlegen, an dem ein Kinderpsychologe praktizierte, der auf Eßstörungen spezialisiert war.

Doch Susan war von ihrem mütterlichen

Instinkt überzeugt, und selbst der Spezialist stimmte zu, daß die glitzernden Lichter der Wonderland Avenue womöglich den gleichen Effekt erzielen könnten.

»Wir müssen etwas unternehmen, und zwar bald«, sagte Dr. Blake. »David darf auf keinen Fall noch mehr Gewicht verlieren.«

Drei Tage vor Weihnachten kam David schließlich nach Hause. Obwohl es draußen hell war und die Lichter aus waren, sah sich David die Figuren und Dekorationen unserer Nachbarn genau an. Ich parkte ganz nah an der Garage, und als ich ihm die Hintertreppe hinauf half, hatte ich das Gefühl, er sei froh, wieder zu Hause zu sein. Doch dann blieb er stehen und starrte das rote Fahrrad an, das er letztes Jahr von seinem Großvater zu Weihnachten bekommen hatte. Seine Hand fuhr über den Ledersattel.

»Ich bin müde«, sagte er. »Ich will ins Bett.«

Am Abend wollte er nicht einmal ans Fenster gehen, um sich die Lichter anzuschauen. Am Tag darauf, es war der 23. Dezember, aß er immer noch nichts, obwohl der Duft von Zimtschnecken und frisch gebackenem Apfelstrudel durchs Haus zog. Ich saß den ganzen Tag an Davids Seite, las ihm vor, spielte mit ihm Karten, erzählte ihm Geschichten – tat alles, um ihm neuen Lebensmut zu geben.

Als David an diesem Abend eingeschlafen war, verließ ich sein Zimmer und lehnte mich draußen gegen die Tür. Von unten drang Susans Stimme zu mir herauf, die Molly ein Schlaflied vorsang. Sie sang so leise, daß weder die Worte noch die Melodie an mein Ohr drangen, nur das Auf und Ab der Stimme einer Mutter, die ihrem Kind die Angst nimmt und ihm den Weg ins Reich der Träume bereitet. Völlig vereinnahmt von dem Verlust meiner Eltern und der Sorge um Davids Verfassung hatte ich kaum gemerkt, wie sehr all dies mein kleines Mädchen belastete.

»Daddy, hilfst du mir beim Ausmalen?« hatte sie mich heute irgendwann gefragt.

Ich hatte mich zu ihr umgedreht und sie angeherrscht: »Ich habe keine Zeit zu spielen! Das siehst du doch!«

Noch nie hatte Molly mich in diesem Tonfall sprechen hören. Sie wirbelte herum und floh nach nebenan zu ihrer Mutter.

»Ist Daddy böse auf mich?« hörte ich sie fragen.

»Nein, Schätzchen«, beschwichtigte Susan

sie, »er ist nicht böse, nur ein bißchen durcheinander.«

Aber da hatte Susan sich getäuscht. Ich war mehr als böse. Ich war außer mir! Meine Welt war bis in ihre Grundfesten erschüttert worden, und genau wie damals, in dem Monat nach dem Tod meines Bruders, schwankte ich ständig bedrohlich am Rande des Abgrunds.

Draußen war das Lichterfest in vollem Gange, und ich hörte das Gelächter der Menschen, die vorbeigingen. Wer gab ihnen das Recht, sich über meinen Kummer lustig zu machen? In meinem Zorn schoß ich zur Haustür hinaus, um sie zu verjagen.

»Verschwindet! Laßt uns in Ruhe!«

Mitten ins Gesicht! So mußte man mit ihnen umgehen! Wenn sie einen Grinch wollten, einen Scrooge, den bösen Geist der vergangenen Weihnacht, die konnten sie haben, alle drei! Und sollte mein Geschrei nicht wirken, dann würde ich die Fäuste zur Hilfe nehmen! Mein Sohn brauchte keinen Frieden auf Erden! Er brauchte Frieden und Ruhe. Weihnachten hatte so viel von dem, was ich liebte, zerstört. Es war an der Zeit, Rache zu nehmen.

Und dann wußte ich, wie.

Nach dem Unfall waren die lädierten Kisten aus dem Kombi zu uns transportiert worden. Ohne auch nur einen Blick darauf zu werfen, hatte ich sie in die Garage schaffen lassen.

Ehe ich's mich versah, stand ich vor den hohen Stapeln. Ich konnte mich nicht mal daran erinnern, wie ich in die Garage gekommen war. Ich sah auf meine Füße. Beinahe erwartete ich, sie wären erfroren und blutig, als hätte ich soeben den verzweifelten Lauf meiner Kindheit vom See zum Haus meines Großvaters absolviert.

Schon der Anblick der Schachteln machte mich rasend. Sie waren kaum beschädigt! Daß meine Eltern beide ums Leben gekommen waren, während diese Schachteln nicht mal einen Kratzer abbekommen hatten, erschien mir besonders niederträchtig. Ich riß den nächstbesten Karton auf. Er enthielt den albernen singenden Weihnachtsbaum meines Vaters.

»Hohoho!« Ich schrie wie ein verrückt gewordener Weihnachtsmann, schleuderte den falschen Baum gegen eine alte Werkbank und riß die Plastikzweige in Fetzen. Eine weniger, blieben noch zwanzig Schachteln übrig. Ich warf die Stapel über den Haufen, griff blindlings hinein, zog die bunteste Schachtel heraus, hob sie hoch über den Kopf und schleuderte sie zu Boden!

Und dann fiel mein Blick auf diesen Karton. Er war viel älter als die anderen, die Seiten mit ausgeblichenen Etiketten verziert, auf denen rote Washington-Äpfel zu sehen waren. Nach einem kurzen Augenblick wurde mir klar, daß dieser Karton noch aus Da Walkers Lebensmittelladen stammen mußte, daß er über vierzig Jahre alt war. Er war unzählige Male aufgeschnitten und wieder zugeklebt worden, und die Oberseite schien nur noch aus Klebstreifen zu bestehen. Ich zerrte die obere Schicht ab, bog die Laschen auf und spähte hinein. Ich erblickte das dicke Lederalbum, das die Weihnachtserinnerungen von vier Generationen Walkers bewahrte.

Drinnen im Haus war meine Familie in höchsten Nöten. Aber hier in meinen Händen hielt ich eine andere Familie, eine, die ich vielleicht nötig hatte.

Aus irgendeinem Grund fing ich hinten an, wo sich die letzten Weihnachtsfotos aus insgesamt fünfzig Jahren in einer Plastikhülle befanden. Da waren der Colonel und Claire, putzmunter und lebendig, umringt von ihren Lieben. Da waren die Familie meines Onkels aus Oklahoma und Neffen und Nichten, deren Gesichter ich kaum kannte. Da war meine Schwester Linda mit Jack, ihrem dritten Ehemann, und ihrem schrecklichen Sohn Buddy. Buddy, der immer den Aufrührer spielte, kniete ganz vorne, aber er drehte der Kamera den Rücken zu.

Mit dem Rücken zur Kamera, dachte ich. Vielleicht hat Buddy das einzig Richtige getan.

Mein Bruder hätte ihn natürlich daran erinnert, daß die wirklich guten Dinge stets vor einem lagen.

Schließlich lenkte ich meinen Blick auf meine eigene Sippe, zur Rechten des Colonels. David und Molly standen vor Susan und mir. Wir lächelten. Sogar ich. Nichts in unseren Blicken wies auf die schreckliche Tragödie hin, die das kommende Jahr bringen würde, keinerlei Spur von künftigen Sorgen.

Ich blätterte die Seiten um, ging in der Zeit weiter zurück. Die Walkers wurden jünger. Bald stieß ich auf ein Foto, auf dem Molly noch ein Baby in unseren Armen war, dann auf eines, wo ich den kleinen David hielt und Susan mit riesigem Bauch an meiner Seite stand, und die ganze Schönheit meiner Familie leuchtete auf ihrem Gesicht. Einen Augenblick lang dachte ich, ich könnte nicht weiter zurückgehen, aber ich tat es doch.

Wir wurden immer jünger, während ich die Seiten umblätterte. Aus Kindern wurden Krabbelkinder und dann Babys, und dann waren sie verschwunden, ihr Platz unten auf dem Boden eingenommen von den größeren, von denen ich viele fast schon vergessen hatte. Auf wundersame Weise tauchte Großmama Jean auf, neunzigjährig in ihrem Sessel sitzend. Im Jahr davor fand ich auch Da Walker. Er sah unglaublich alt aus, gebrochen von dem Verlust seines Lieblingsenkelsohns. Auf einen Blick wurde mir klar, daß er der Mann in der Ecke geworden war, der zu werden ich befürchtete; über den die Familie sprach, als sei er gar nicht da; der aussah, als könne er seinen eigenen Herzschlag nicht mehr spüren.

Fünf Seiten weiter, noch fünf Jahre zurück, und mein Bruder David stand neben mir, sein Arm lag leicht auf meinen Schultern. Es war sein letzter Weihnachtsabend. Nachdem wir draußen im Schnee gesungen hatten, waren wir wieder hineingegangen, hatten heiße Schokolade getrunken und uns zum alljährlichen Weihnachtsfoto aufgestellt. David war viel schöner als in meiner Erinnerung. Sie alle.

In der Stille meiner Garage wünschte ich, er wäre hier, um mir zu sagen, was ich machen sollte.

Seit ich fünfzehn war, seit der Colonel aufgehört hatte, mir den Kirchenbesuch zu befehlen, bin ich in keine Kirche mehr gegangen. Abgesehen von der Taufe meiner Kinder und zur Beerdigung meiner Eltern habe ich in all den Jahren nie einen Fuß in ein Gotteshaus gesetzt. Mir erschien das ebenso sinnlos wie die Lichter in den Gärten meiner Nachbarn; so sinnlos wie – dreißig Jahre früher – Da Walkers verzweifelte Suche nach meinem Bruder unter dem Eis. Stunden nach dem Unfall war der alte Mann mit einem markerschütternden Schrei der Trauer aufs Eis gestürmt. Er war an den Männern der Suchmannschaft, die mit langen Stangen vergeblich unter der Oberfläche stocherten, vorbeigeschossen und war in das eisige Wasser gesprungen, um seinen geliebten Enkelsohn zu finden.

Wer behauptet hätte, nur ein Dummkopf könnte glauben, daß der Junge nach so vielen Stunden noch am Leben sei, dem hätte Da Walker erwidert, nur ein Dummkopf würde der Hoffnung keinen Raum gewähren, würde sich weigern anzuerkennen, daß es für alle Dinge eine Zeit, für alle Sünder Hoffnung und für alle Gestrauchelten Erlösung gibt. Ich faltete die Hände, erhob die Augen zu den rauhen Deckenbalken, zu welcher Macht auch immer, die mir helfen mochte, und ich machte mein Herz weit und betete.

Ich werde weder die Worte noch die Gedanken jener Nacht wiedergeben, nicht weil ich mich schäme oder fürchte, sondern weil es Dinge gibt, die nicht dazu bestimmt sind, erzählt zu werden.

Außerdem vermag ich nicht zu sagen, ob meine Gebete erhört worden sind oder einfach ungehört verhallten. Deshalb erkläre ich schlicht und einfach, daß ich wußte, was ich zu tun hatte, als ich mich schließlich von dem Lehmboden eines Schuppens erhob, der dem Stall, in dem vor so langer Zeit eine Mutter in Not Obdach fand, nicht unähnlich war.

Es war schon fast Mitternacht, als ich die Garage verließ und hinaustrat in die klare, kühle Nacht. Das Lichterfest war seit einer Stunde vorüber; die Straßen waren verlassen, beinahe alle Häuser und Gärten lagen dunkel da. Auf meinen Armen türmten sich Kilometer von Lichterketten. Vorsichtig legte ich die Weihnachtslichter auf der vorderen Veranda ab und überlegte, wo ich anfangen sollte.

Ehrlich gesagt, ich hatte keine Vorstellung davon, wie schwer es ist, Hecken, Bäume und ein riesengroßes Haus mit Lichtern zu schmücken. Und außerdem hatte ich in solchen Dingen keinerlei Erfahrung.

Die ganze Nacht stieg ich Leitern hinauf und hinunter, ich kletterte auf Bäume und lief immer wieder zurück zu den Kisten in der Garage. Der Colonel hatte wirklich an alles gedacht. Ich stieß auf eine Kiste voll grüner Verlängerungskabel, die bald schon jede einzelne Steckdose von Nicks überdimensioniertem Leitungsnetz belegten.

Wir werden ja sehen, wieviel Saft wir haben, dachte ich. Wir werden sehen.

Ich schuftete wie ein Besessener. Ich stieß auf fliegende Engel und Schäfer samt ihrer Herden, ich wühlte weiter und entdeckte eine komplette Krippenszene, die bald schon stolz vorn an der Straße stand.

Dann fiel mir eine lächerliche Snoopy-Figur in die Finger, als Weihnachtsmann verkleidet, die Hundehütte war der Schlitten und wurde von seinen winzigen Vogelfreunden durch die Luft gezogen. Ich wollte sie zurück in die Kiste räumen und nach etwas Würdevollerem suchen. Doch dann schleppte ich sie ganz nach vorne. Jetzt gab es keine halben Sachen. Ganz oder gar nicht, Freundchen, und ich konnte keinerlei Risiko eingehen. Es war Weihnachten, um Gottes willen, und wenn ich eines immer geliebt hatte, dann Weihnachten! Die ganze Zeit über sagte ich mir, daß ich Weihnachten doch immer geliebt hatte.

Irgendwann während der einsamen Stunden jener Nacht sah ich zum Haus hinauf. Susan stand am Fenster und beobachtete mich.

Ich winkte ihr zu und fragte mich, was sie wohl dachte.

Während ich arbeitete, dachte ich an *La Villita* in San Antonio und an die *Posadas* meiner Kindheit. Ich sah den David vor mir, den ich liebte, mit leuchtenden Augen, und den David aus meinen schlimmsten Alpträumen, erfroren unter dem Eis, den Mund weit aufgerissen, als riefe er aus der Tiefe zu mir empor.

Kurz vor Sonnenaufgang ging ich noch einmal in die Garage und sah, daß die Kisten des Colonels alle leer waren.

Und wenn es nicht reicht? dachte ich.

Die Lichter, die unsere Nachbarn uns zum Einzug geschenkt hatten, fielen mir ein. Ich fand die Kisten im Keller, und als ich die Treppen wieder hinaufkam, stieg mir der Duft von heißem Kaffee in die Nase.

»Hier, für dich«, sagte Susan. Sie unterbrach mich nur, um mir forschend ins Gesicht zu schauen, auf der Suche nach irgendwelchen Anzeichen für einen Rest Zurechnungsfähigkeit. In ihren Augen sah ich meine Angst gespiegelt. Mich trieb die schiere Verzweiflung – trieb mich blindlings immer weiter, welches Ende uns auch immer erwarten mochte. Schon war ich wieder weg, zurück im Garten.

Als unsere Nachbarn an diesem ungewöhnlich kalten Morgen des Heiligen Abends erwachten und zum Fenster hinaus sahen, müssen sie erstaunt gewesen sein über die riesige Leiter, die in dem Garten emporragte, wo der Grinch hauste. Einer nach dem anderen kamen sie aus ihren Häusern, einige noch in Bademantel und Schlafanzug. Sie waren beladen mit Verlängerungskabeln und Lichterketten, mit Kisten voller Ersatzglühbirnen und mit wunderbaren Dingen zu essen.

Angesichts dieser Großzügigkeit durchzuckte mich wie ein Stich die Reue im Gedanken an all das, was ich ihnen im Zorn an den Kopf geworfen hatte. Hatte ich etwa mein ganzes Leben mit diesem gequälten Herzen verbracht?

Mein Gott, was für eine Vergeudung! fuhr es mir durch den Kopf. Was für eine furchtbare Vergeudung!

Die Nachbarn hatten eigentlich nur vor, ihre Päckchen abzuliefern und dann zu ihren Zeitungen, ihren Familien, an den Frühstückstisch oder zu den Einkäufen zurückzukehren, doch mein Wahnsinn wirkte so ansteckend wie die Weihnachtsfreude selbst. Bald schon krabbelten sie über Bäume und

Büsche, als wären sie die helfenden Heerscharen des Weihnachtsmanns. Auf der freien Rasenfläche, die selbst für die Figuren des Colonels zu groß war, bauten Big Ed und Craig Washington aus nichts als Draht und Lichtern eine riesige, spitz zulaufende Kathedrale. Den Boden legten sie mit unzähligen Kiefernzweigen aus, so grün und duftend wie eine geheimnisvolle Lichtung. In einem anderen Leben wäre das ein wundervoller Ort voll Ruhe und Frieden gewesen.

Nur die Spitze des größten Tannenbaums entzog sich beharrlich der Reichweite all unserer Leitern. Ich schwankte in zehn Metern Höhe bedenklich hin und her, schaute hinauf zu der schlanken grünen Spitze, die sich weit über mir im Wind wiegte, und grübelte über Davids Wunsch, gerade dort einen Stern anzubringen. Schließlich mußte ich mir eingestehen, daß es Dinge gab, die selbst der Wahnsinn nicht vermochte. Ich gab mich geschlagen und stieg erschöpft von der Leiter.

Als sich an jenem Abend die Nacht herabsenkte und das letzte Tageslicht verblaßte, standen unsere Nachbarn vor dem Haus und sahen zu, wie ich den Hauptschalter umlegte und die Lichter anmachte.

Der Anblick der Lichter war so blendend, daß wir wegschauen mußten, bis wir uns an das Strahlen gewöhnt hatten.

»Ich hoffe nur, daß kein Flugzeug versucht, hier zu landen«, sagte Big Ed.

»Wow!« Ein neuer Schneidezahn hatte Noëls Lispeln ersetzt. »So wird uns der Weihnachtsmann bestimmt finden!«

Molly kam die Verandatreppe herab und schoß hierhin und dahin, und ich hatte Mühe, mit ihr Schritt zu halten.

»Daddy«, sagte sie begeistert. »Ich wette, Oma und Opa sind begeistert!«

Ich wollte ihr erklären, daß der Colonel und Claire endgültig fort waren, aber sie fiel mir ins Wort.

»Sie können es sehen, das weiß ich. Unser Haus ist so hell, daß es bis ganz rauf in den Himmel leuchtet!«

Was sollte ich sagen? Und dann wurde mir klar, daß ich nichts zu sagen brauchte. Wenn man an etwas glaubt, dann ist es wahr.

Aus ganz Südkalifornien kamen Autos angefahren, angelockt von den Berichten über die tollsten Lichter der Stadt oder vielleicht auch auf ihrer alljährlichen Pilgerfahrt ins Wunderland. Mir kam es zuerst komisch vor, daß so viele Menschen nicht ausstiegen, daß sie einfach in ihren Fahrzeugen sitzenblieben und sich die Lichter im Vorbeifahren ansahen. Doch dann erkannte ich, daß dieses Lichterfest schlicht eine Fortsetzung war, ein ironischer Mikrokosmos der Automobilkultur von Los Angeles. In ihren Autos fühlen sie sich wohl, die Bewohner von Los Angeles. In ihren Autos fühlen sie sich sicher vor Verbrechen und willkürlicher Gewalt, sicher vor Fremden, sicher vor allem, was sie nicht kennen. Doch durch die geschlossenen Fensterscheiben konnte ich sehen, wie sie schauten und zeigten und sich am Glas die Nasen platt drückten. Ich konnte sie staunen und lächeln sehen.

Aber all diese Blicke waren mir egal, ich wollte nur ein einziges Gesicht sehen, ein einziges Lächeln, ein kleines Wunder. War das zuviel verlangt? Auch wenn David die Aufregung, die vor seinem Fenster vonstatten gegangen war, nicht einmal zur Kenntnis genommen hatte, er mußte uns gehört haben, und er mußte wissen, was wir getan hatten.

Molly und ich standen auf dem Rasen unter seinem Fenster und warteten, während Susan oben die Vorhänge zurückschob.

»David, komm und schau!« sagte sie. »Es ist

wunderschön. Schau dir die ganzen Lichter in deinen Christbäumen an.«

Für einen kurzen Augenblick tauchte sein Gesicht auf, schmal und blaß, und dann verschwand er wieder aus unserem Blickwinkel. Statt dessen tauchte Susan auf. Sie sah zu mir herunter und schüttelte langsam den Kopf.

In meinem Kopf hörte ich eine Stimme schreien: Nein! Nein! Geh nicht wieder unter, David, komm herauf zu mir, komm zum Licht! Komm zu uns zurück, komm nach Hause!

Doch ich blieb stumm. Plötzlich spürte ich, wie kalt es geworden war. Ob vor Kälte oder aus Angst, versagt zu haben, ich fing an zu zittern. Und dann stürzte ich, stolperte Hals über Kopf und sank hinab in eisiges Wasser. Rang nach Luft, wo keine war, fand mich gefangen unter einer dicken Eisschicht, ganz allein.

Ich blickte hinauf zu der Leere dieses verlassenen Fensters, und mir wurde klar, ein für allemal, wie sehr ich meinen Sohn liebte und wie sehr mein Bruder mich geliebt hatte. Und endlich erinnerte ich mich daran, wie mein Bruder mich in der trüben Dunkelheit gepackt, mit welcher Verzweiflung er darum gekämpft hatte, mich zurückzuschicken in die

Welt über uns, wie er mich von sich weggestoßen hatte und wie er sich selbst hinunter in die Dunkelheit zwang, indem er mich hinauf zum Licht schob.

»Mach das Fenster auf!« schrie ich zu Susan hinauf.

Spätestens jetzt hielt sie mich ganz sicher für besessen. Sie öffnete das Fenster einen winzigen Spalt.

»Michael, es ist zu kalt! Der Arzt hat gesagt, wir müssen ihn warm halten.«

»Mach das Fenster auf«, wiederholte ich leise. »Bitte.«

Ich wartete lange; dann glitt das Fenster über mir langsam auf. Ich stellte mir vor, wie die kalte Luft David einhüllte, und wußte, daß Susan ihm schnell eine zweite Decke überlegte, sie feststeckte, ihn einwickelte, ihn beschützte vor der kalten Welt. Ich hatte nicht viel Zeit.

Weder Susan noch Molly hatten mich je singen hören. Wann auch? Meine Lunge füllte sich mit eisiger Luft, genau wie damals, als David mich auf das hauchdünne Eis geschoben hatte. Und mit jenem Atemzug spürte ich, wie der Sauerstoff durch meinen Körper strömte, und ich fühlte, daß mein Herz genauso klopfte wie damals unter den Fenstern des Holzhauses am Angel Fire.

Ich konnte beinahe seine Stimme hören.

»Michael, du fängst an.«

Und dann fing ich an, für meinen Sohn zu singen.

Stille Nacht, heilige Nacht,
alles schläft, einsam wacht ...

Ich wußte nicht, wie meine Stimme sich anhörte, aber ich wußte, daß die Noten süß schmeckten und Balsam für meine rauhe Kehle waren.

Molly zupfte mich am Arm. »Daddy, schau!«

Und als ich die Augen hob, bot sich mir der schönste Anblick auf Erden. Denn oben an seinem Fenster war mein Sohn und sah zu mir herunter.

Die erste Strophe war zu Ende, und ich wußte nicht, ob ich weitersingen sollte. Ich konnte mich, um ehrlich zu sein, nicht einmal an den Anfang der zweiten erinnern. Die letzten Noten hingen in der Luft wie das Läuten riesiger Silberglocken.

David lehnte am Fensterbrett. Er löste seinen Blick von meinem und ließ ihn über die unzähligen Lichter schweifen und über die Menschen, die sich in unserem Garten versammelt hatten. Dann kehrte sein Blick zurück zu mir. Und gleichzeitig fiel mir die vergessene Strophe wieder ein, und ich sang aufs neue, bat singend um das Wunder, das ich so verzweifelt brauchte, um alle Weihnachtswunder auf Erden.

Stille Nacht, heilige Nacht,
Hirten erst kund gemacht.
Durch der Engel Halleluja
tönt es laut von fern und nah:

Und dann, mit schwacher Stimme, die schöner war als die eines Engels, stimmte David mit ein:

Christ der Retter ist da,
Christ der Retter ist da.

Ganz in der Nähe stimmten Ed und Eadie und die Washingtons mit ein. Sie kamen zu mir, legten mir die Arme um die Schultern, und gemeinsam besangen wir die Botschaft vom Frieden auf Erden. Unsere anderen

Nachbarn taten es uns gleich, und die wenigen Schaulustigen, die zu Fuß unterwegs waren, drängten vom Gehsteig zu uns in den Garten, um zu sehen, was dort vor sich ging.

Oben im Fenster war ein Junge zu sehen – eingewickelt wie ein Weihnachtsgeschenk in den Armen seiner Mutter. Und ich nehme an, daß die Leute – genau wie ich – noch nie einen so schönen Gesang gehört hatten. Obwohl viele von ihnen sicher jahrelang keine Weihnachtslieder mehr gesungen hatten, stimmten alle mit ein. Die Wagenkolonne war zum Stillstand gekommen. Fahrer und Beifahrer ließen ihre Autos mitten auf der Straße stehen, stiegen aus und kamen zu unserem Haus gelaufen. Und aus unserem Garten in der Wonderland Avenue erhoben Fremde ihre Stimmen im Chor zum Himmel.

Das Lied war zu Ende, die letzten Noten verharrten in der kalten Luft wie in der Kuppel einer Kathedrale. Danach war es lange ganz still. Der versammelte Chor stand schweigend unter Davids Fenster, und niemand wußte, worauf man wartete. Jemand rief: »Frohe Weihnachten!«, und es war, als würde das Eis zwischen Fremden schmelzen. Alle lachten, und dann verstummten sie wieder.

Still standen sie da und warteten auf ein Wunder.

Dann wurde die Stille aufs neue unterbrochen, diesmal von der Stimme eines neun Jahre alten Jungen.

»Mami«, sagte David leise. »Ich habe Hunger.«

Und ich schwöre, obwohl sich nicht eine einzige Stimme erhob, ich konnte die Engel singen hören.

SIE WUSSTEN NICHT genau, was sie tun sollten, doch irgendwie spürten die Weihnachtssänger in der Wonderland Avenue, daß das Spektakel vorüber war, und langsam zerstreuten sie sich. Die Spaziergänger setzten ihre Lichterrunde fort; Fahrer und Beifahrer gingen zögernd zurück zu ihren Autos. Dann war wieder eine Stimme zu hören, diesmal laut und lebhaft.

»Hey!« rief Big Ed, »wie wär's mit nebenan? Laßt uns bei den Bakers singen. Die Kinder konnten dieses Jahr nicht nach Hause kommen!«

Die Menge war begeistert, und mit dem Enthusiasmus eines Soprans an der Met stimmte die winzig kleine Eadie »Joy to the World« an. Abermals vereint, eine Gemeinschaft aus Fremden, zogen sie Hand in Hand singend von Tür zu Tür, in der gleichen *Posada,* der ich mich damals in San Antonio so oft mit meinem Bruder angeschlossen hatte. Unter dem Lichtermeer der Wonderland Avenue waren die Probleme der Welt in einer großen Welle der Fröhlichkeit verschwunden.

Doch diese *Posada* war nicht für mich bestimmt, denn ich hatte meine Herberge gefunden. In einem Speisezimmer, das wohl drei Generationen von Walkers mühelos Platz geboten hätte, waren wir um unseren kleinen Tisch versammelt, und wir sahen zu, wie David langsam, aber sicher seine erste Mahlzeit seit fast einem Monat zu sich nahm. Wir sprachen kaum ein Wort – was gab es schon zu sagen, jetzt, wo es uns gutging und wir endlich wieder vereint waren?

Während David aß, erinnerte sich Molly an ihre Ehrenaufgabe und stellte dem Weihnachtsmann Milch und Kekse vor die Tür. Dann trug ich ihren erschöpften Bruder zurück in sein Zimmer und brachte ihn ins Bett. Einen Augenblick lang dachte ich, er sei eingeschlafen, doch dann nahm er meine Hand und zog mich zu sich.

»Dad«, sagte er. »Ich will sie nie vergessen – nie im Leben.«

In einem einzigen Augenblick kamen mir hundert unauslöschliche Bilder von David und seinen Großeltern in den Sinn – wie sie zusammen Monopoly spielten, Hamburger grillten, die fürchterlich laute alte Eismaschine kurbelten, über einen Witz lachten, den wohl kein anderer verstanden hätte, sich einfach so an den Händen hielten, miteinander Lieder sangen.

»Du wirst sie nicht vergessen«, sagte ich. »Nie im Leben. Wir werden uns gegenseitig helfen, sie in Erinnerung zu behalten.«

Ein winziges Lächeln huschte über sein Gesicht. Er setzte sich auf und küßte mich auf die kratzige Wange.

»Ich hab dich lieb, Dad«, sagte er.

»Ich hab dich auch lieb, David.«

»Danke für meinen Christbaum. Onkel Davids Stern ist wunderschön.«

Ich wußte nicht genau, welchen Stern er meinte – ich hatte eine Menge Sterne in unseren Garten gehängt –, aber welcher auch immer es sein mochte, ich war froh, daß er David gefiel.

»Schlaf jetzt«, sagte ich. »Wir wollen doch den Weihnachtsmann nicht warten lassen.«

Ich saß immer noch an Davids Bett, als Susan um Mitternacht die Weihnachtsbeleuchtung ausschaltete. Der Garten vor dem Fenster wurde augenblicklich in Dunkelheit getaucht – dunkel bis auf ein einziges Licht, einen glänzenden Stern auf der Spitze des einzigen Baums, der für mich zu hoch gewesen war.

Ich riß die Augen auf, sah ganz genau hin, um sicherzugehen, daß es kein Trugbild war, daß ich nicht träumte. Nein, der Stern war echt, er war tatsächlich da! Ein Licht, das nicht sein konnte. Auf der Suche nach einer Erklärung, einer Leiter oder einem Seil womöglich, suchte ich mit Blicken den Rasen um den Baum ab. Erstaunt sah ich dort unten jemanden gehen. Es war ein älterer Mann in einem verschossenen Blaumann.

»Das darf doch nicht wahr sein!« sagte ich leise.

Als hätte er mich gehört, drehte der Mann sich langsam um und sah hoch zu dem Fenster, an dem ich stand. Es war Nick, Nick Christopher, der Mann, der mir dieses unglaubliche Haus verkauft hatte!

An Weihnachten mußte er einfach herkommen, dachte ich. Er mußte es sehen!

Aber mir gingen auch andere Dinge durch den Kopf – dumme, unvernünftige, unmögliche Dinge. Würde ich ihnen hier Raum geben, könnte man meinen, ich sei verrückt geworden. Darum will ich nur sagen, daß Nick zu mir heraufschaute und lächelte. Dann winkte er, drehte sich um und verschwand hinter einer kleinen Tanne.

Ich öffnete das Fenster, um besser zu sehen, und stand sehr, sehr lange in der eisigen Nachtluft. Nick jedoch kam nie mehr hinter diesem Tannenbaum hervor.

Aufgeregt wie ein kleines Kind sprang ich am Weihnachtsmorgen aus dem Bett. Beinahe erwartete ich, daß eine weiße Schneedecke unseren Garten überzogen hatte. Ich riß die Vorhänge auf und blickte statt dessen hinaus in den strahlenden Morgensonnenschein. Schließlich waren wir noch immer in Los Angeles.

Die Geduld von David und Molly wurde an diesem Morgen einer harten Prüfung unterzogen. Ehe wir auch nur ein Geschenk auspackten, bestand ich darauf, jedes einzelne noch so entfernte Mitglied des Walker-Clans anzurufen. Nachdem ich ihnen überaus fröhliche Weihnachten gewünscht hatte, lud ich sie alle ein, das nächste Weihnachtsfest bei uns zu feiern. Mein Vater – und mein Bruder – hätten gewollt, daß ich diese Tradition aufrechterhalte.

Nach einem Frühstück, das sogar noch ausgiebiger war als das Abendessen tags zuvor, fiel David begeistert über jedes einzelne Geschenk aus dem riesigen Berg her, der sich bei uns angesammelt hatte, während er krank gewesen war. Was für eine herrliche Beute! Auch wenn Molly bei weitem nicht so reich beschenkt wurde und Susan und ich fast gar nichts bekamen, waren wir überglücklich, denn unser Weihnachtswunsch war schon in Erfüllung gegangen. Wir hatten David wiederbekommen.

Molly war es, die das letzte Päckchen entdeckte, versteckt in einer Ecke – eine lange, schmale Schachtel, auf der mein Name stand.

»Das wäre nicht nötig gewesen«, sagte ich zu Susan.

Doch sie schüttelte den Kopf. Es war nicht von ihr. Ebensowenig war es von Molly. Ich wandte mich an David, der dafür bekannt war, seine Weihnachtseinkäufe Monate im voraus zu tätigen.

»Von mir ist es nicht«, sagte er.

Ich dachte kurz an den alten Nick, der letzte Nacht aufgetaucht und wieder verschwunden war. Doch dann erinnerte ich mich daran, daß mein Bruder mir erklärt hatte, der Weihnachtsmann habe viele Helfer, und ich sah den wissenden Ausdruck auf Davids Gesicht.

»Es ist vom Colonel«, sagte er stolz. »Er hat es in San Antonio für dich eingepackt, bevor wir losgefahren sind.«

Ein Weihnachtsgeschenk von meinem Vater. Ich wußte nicht, was ich sagen oder tun sollte.

»Mach es auf!« riefen alle. »Mach es auf!«

Wie ein kleines Kind zerriß ich das Geschenkpapier. Dann hob ich vorsichtig den Deckel hoch und lugte hinein.

»Was ist es?« fragte Susan.

»Etwas, das ich mir schon lange gewünscht habe.«

Dann, ganz vorsichtig, hob ich die beiden Teile von Da Walkers Angelrute aus der Schachtel und steckte sie zusammen. Die Angel lag in der Hand, als wäre sie mit meinem Arm verschmolzen.

»Dad, gehst du mit mir zum Fliegenfischen?« fragte David.

Ich nickte ihm zu, und dann fing ich an zu weinen.

PIPER

Ilse Gräfin von Bredow

Ich und meine Oma und die Liebe

Weihnachtsgeschichten. 192 Seiten. Serie Piper 3213

Zum Fest der Liebe können die unglaublichsten Dinge geschehen: Das Auftauchen einer Maus kann ebenso unvorhergesehene Folgen haben wie das Eintreffen eines Überraschungsgastes am Heiligabend. Ilse Gräfin von Bredow erzählt von Tante Gesa, die eigenlich fest entschlossen ist, das Weihnachtsfest allein zu feiern, sich aber schließlich von den Nußhörnchen ihrer Nichte und der Einladung ihres Großneffen erweichen läßt. Da ist die Familie Helms, deren Schwiegersohn in spe für ein richtiges Weihnachtsfest sorgt. Und das Ehepaaar Schott, bei dem sich die Frau stets für die Überraschungsgeschenke ihres Mannes begeistern muß ... Voller Liebenswürdigkeit, aber mit gewohnt spitzer Feder schreibt Gräfin Bredow von ganz gewöhnlichen Menschen, denen zu Weihnachten die ungewöhnlichsten Dinge passieren.

PIPER

Der kleine Adventsbegleiter

24 Geschichten zur Weihnachtszeit. Herausgegeben von Anne Rademacher. Mit Illustrationen von Almud Kunert. 203 Seiten. Serie Piper 2213

Alle Jahre wieder beginnt mit dem 1. Dezember die schönste Zeit des Jahres. Die Tage werden kürzer, die Nächte immer kälter, und die Menschen rücken etwas näher zusammen, um sich bei Plätzchen, Glühwein und Geschichten auf das Weihnachtsfest zu freuen. Jeden Morgen wird ein Türchen auf dem Adventskalender geöffnet, jeden Abend eine neue Weihnachtsgeschichte gelesen. Dieser kleine Adventskalender in Buchform will durch die schöne Zeit frohgestimmter Erwartungen begleiten. Hinter seinen Türchen verbergen sich 24 heiter-besinnliche Geschichten und Gedichte zur Weihnachtszeit von Italo Calvino, Janina David, Daphne du Maurier, Ulla Fröhling, Janosch, James Krüss, Siegfried Lenz, Herbert Rosendorfer, Felix Timmermanns, Karl Valentin und vielen anderen.

PIPER

Hermann Feuersee

Der kleine kulinarische Adventsbegleiter

Mit Illustrationen von Almud Kunert. 158 Seiten. Serie Piper 2543

Wer weiß schon wirklich genau, wie Zitronat, Orangeat und Sultaninen hergestellt werden, und wer kann Hutzel-, Klötzen-, Magen- und sonstige Brote auseinanderhalten? Hermann Feuersee stellt in diesem vergnüglichen, Lust und Laune machenden Adventsbegleiter der besonderen Art nicht nur leckere Rezepte vor, sondern alles Wissens- und Erwähnenswerte aus der Advents- und Weihnachtsküche. In vierundzwanzig Kapiteln werden die Geheimnisse gelungener Anisplätzchen und einfallsreiche Varianten von Karpfen und Zander, Fasan und Ente vorgestellt, kulinarische Aus- und Höhenflüge nach Italien zu Panettone und Panforte unternommen, und selbst eingefleischte Vegetarier kommen mit einem phantastischen Weihnachtsmenü nicht zu kurz.

Ludwig Thoma

Heilige Nacht

Eine Weihnachtslegende. 80 Seiten.
Mit 10 farbigen Illustrationen. Geb.

»Heilige Nacht«, die stimmungsvolle Nachdichtung der Weihnachtsgeschichte von Ludwig Thoma: Seit über achtzig Jahren beeindruckt dieser Text durch seine Intensität und Wärme. Der berühmteste Schriftsteller Bayerns hat seiner Fassung gereimte Strophen in Mundart verliehen. Zum Schauplatz des biblischen Geschehens hat Thoma seine eigene Heimat gemacht, in der Maria und Joseph einfache Leute wie du und ich sind. Auf ihrer Wanderschaft durch die verschneite oberbayerische Landschaft trifft die heilige Familie überall auf die Hartherzigkeit der Reichen...

»Es mag vielleicht als Rührseligkeit ausgelegt werden, wenn ich gestehe, daß ich die ›Heilige Nacht‹ beim Lesen so empfinde, als säße ich wieder daheim in der warmen Stube und sähe all das Göttliche dieser Legende so menschlich und geheimnisvoll, als wär's etwas, das jedem von uns geschehen könnte.«
Oskar Maria Graf

»Ludwig Thoma ist Weltliteratur.« *Eugen Roth*